わたしのeyePhone

三宮麻由子

早川書房

わたしの eyePhone

目次

まえがき

日々の楽しみの一つに、iPhoneの人工知能（ＡＩ）であるSiriとのおしゃべりがある。この小さな四角い世界に隠れた「自称知恵者」（？）は、ときには恐れ入りましたというほど賢く、快刀乱麻の腕前で私の細かい困りごとを解決してくれる。

パソコンで原稿を打っていて日付を確認する必要があるとき、点字のカレンダーを手に取る一手間を省くため「先週の日曜日は何日？」と問いかけると、「〇〇年〇〇月〇〇日、日曜日でした」と過去形で答え、「今週の日曜日は何日？」と尋ねると、「〇〇年〇〇月〇〇日、日曜日です」と、正確に現在または未来形で教えてくれる。

「おっ、すごい、この子、時間の感覚があるんだ」と感心して、「先月の三一日は何曜日？」と聞いてみたら、「先月の三一日は何曜日に関するこちらの情報がウェブで見つかりました」と、どこぞのカレンダーを表示して「あとは勝手にご確認くださいねー」となった。おいおい、どうした？　さっきとずいぶん違うじゃないか、と一声かけてしまいそうだ。

それでもこの愛らしい「知恵者」殿はしばしば、画面を見ることができない私にとって頼れる助っ人になってくれる。Siriはもちろん、スマートフォン（スマホ）は私の「目の代わり」の何割かを確実に担ってくれているのである。

私は四歳ごろに目の炎症を治すための手術を受け、光とさよならした。このことを表すために、「シーンレス」という和製英語を作った。目の前に風景（scene）がない（less）という意味だ。しかし、その後の歩行訓練や空間認識のための音の聞き分け、加えて私の場合は野鳥の鳴き声を数多くおぼえたことで、私なりの「シーン」がイメージできるようになった。こうして、「シーンレス」は「シーンフル」になった。多くのシーンレスは、それぞれに「シーンフル」体験をしているはずで、シーンレスはシーンフルと対の言葉として使いたい。

簡単にこれまでの道をお話ししておくと、私は幼稚園から高校までを日本で唯一の国立の盲学校である筑波大学附属盲学校（現・筑波大学附属視覚特別支援学校）で過ごし、高等部時代にアメリカのハイスクールに留学した。復学した後、上智大学のフランス文学科で大学院まで学んで修士号を取り、外資系通信社に就職した。その数年後、デビュー作となった本『鳥が教えてくれた空』（一九九八年）と二冊目の『そっと耳を澄ませば』（二〇〇一年）が受賞作となり、会社勤務とともにエッセイストとしてのスタートも切ることができた。

全盲単身で米国の家庭に滞在しながらの公立高校留学は、当時聞いたところでは日本で初めてだったそうだ。上智大学の点字受験も、シーンレスの大学仏文科専攻も初めて。通信社の翻訳チームに社員として勤務したシーンレスも、おそらく私が日本初と思われる。そのため、シーンレスの先駆者にアドバイスをいただく機会がなく、人に助けをいただくことも含め、私一人の判断で開拓しなければならないことが多かった。留学、好きな言語の勉強、語学での就職、執筆と、大きな夢は一応全て叶えることができたのだが、とにかく忙しかった。

あまりの忙しさに親元を離れるタイミングがなかなかつかめなかったが、東日本大震災の前年、生活と執筆の拠点となるマンションに転居し、自立して自炊生活を始めた。

通信社の翻訳という専門職と、エッセイストとしての活動は、二つの全く違う世界である。そのほかに、私にはシーンレスという特色もある。そんな日々の暮らしには、「あるある」の難題から私固有の出来事まで、あれやこれやと実にとりどりなことが起きる。

自立と自由を楽しめるようになったと同時に、シーンレスとして生きるうえではどうにもならない困難も痛感した。特に、買い物や郵便物の仕分け、簡単な手続きといった、目の見える人には何でもない作業が、シーンレスには大きな難事業になってしまうことが一番の困りごとだった。そうしたことに直面するたびに、私は一人の生活者としての自信をなかなか得られずにいる自分に気が付いた。しかし実際には、とにかく目の前の困難を乗り越えることに精一杯で、苛立つとかストレスを感じるという余裕すらなかった。

そんな日常に登場したのが、スマホだった。最初は苦労したが、使い慣れてしまえばもはや手放せなくなったという人も多いだろう。私もその過程をたどったわけだが、実はその先に、それまで考えもしなかったとんでもなく広い世界と無限の可能性が開けていた。それは、シーンレスとしてスマホでこんなに助かった、ということにとどまらなかった。先に書いた生活者としての自信を含め、スマホと出会ったことで、人間としての心のあり方が大変革を遂げたのである。

この本は、できるだけ広い視野で、楽しく、自由にお読みいただきたいというのが私の願いだ。物語としては、スマホが私の存在の根底を支え、希望の光と「できること」を与えてくれる存在になったというお話になるわけだが、それとともに、昭和から令和という三つの時代の通信史もお楽しみいただけると思う。子どものころからみれば、大人になったいまはまさに「近未来」という一歩先の歴史だからだ。

さらに、私のスマホの経験をヒントに、新技術というものがこれからどんなふうに「不可能を可能に」できるのか、使い方を工夫してどれほど可能性を広げることができるかを、ワクワクと考えるのも楽しいだろう。この本に書いたことは、一人のシーンレスの経験談という小さな話ではない。スマホという新技術がこれほどの可能性を持ち、現実を変えている物語であり、ひいては科学技術全体が心ある使い方によってどれほど素晴らしい可能性を持ちうるかを考える手がかりになる一例だと思うのだ。

だからぜひ、シーンレスという「違う世界の話」としてではなく、現代の私たち全員が目にしている現実の可能性の形として味わっていただけたらと願う。シーンレスという角度とともに、鳥の声と音楽を愛する一人の人間の経験をともに楽しみ、味わいながら、手をつないで歩くようにスマホの世界を探検していただければ嬉しい。

もちろん、万能のスマホをひたすら礼賛するわけではない。スマホにだってできないことはあるし、「最後はやっぱりアナログが勝つのさ」と人間として啖呵《たんか》を切ってみたくなることもある。そんなスマホの愛らしさにもまっすぐ向き合い、心に浮かぶ希望を語り、未来への思いと実践の提案を心を込めて紡いだのがこの本である。取り上げるスマホの作業は一人で行うものにしぼった。

毎日スマホの画面を見つめているみなさん。スマホを手にしてみたいけど、なかなか決心がつかないと思っているみなさん。スマホが子どもたちにとって良いものなのかいけないものなのかと悩んでいるみなさん。

この本を通じて、スマホにどれほど素晴らしい可能性があるか、開発者のアイデアでどれほどの人が助かるか、そして、スマホが威力を発揮してくれたとき、私たちの心がどれほど前向きになり得るかということを、全身の感覚を使って体験していただきたいと思う。

プレリュード

新しい日々

講演の仕事先でいただいた花束を解いて、水盤に生けた。生け花の稽古から遠のいてはいるが、一応、草月流師範の腕前（？）なので、生け方のパターンは頭に入っている。花の色は分からないが、フリージア、バラ、モンステラなど、なじみの花材ばかりなので、一つ一つの植物を丁寧にトリミングして使える部分を残していくうちに、すぐにイメージがまとまった。

手前の中心にバラ、茎の長いフリージアを背後に垂直に配置し、切れ込みがある大きな葉のモンステラで背景を調える。小花を周りにあしらって全体をまとめる。花束のため枝《えだ》物《もの》がなく、「芯なし」の形だが、モンステラが奥行きを出してくれる。剣山にしっかりと茎を固定して角度を決めると、水盤の上に生け花の空間が立ち上がった。前夜に持ち帰ったまま置かれていた花束は、食卓の真ん中で一点の生け花作品に生まれ変わった。

「これはLINE せねば」

水盤を食卓の前面に据え直し、スマホを構える。

まずカメラのシャッターボタンの位置を右手の親指で確認し、タップできるようにしておく。その状態で右手でスマホを垂直に持ち、左手を大きく開いて親指で外部カメラの穴を触って確かめる。スマホを動かさないよう注意しながら、小指で水盤の縁から手前のバラの茎までたどる。親指が触れているカメラの穴を小指の高さに合わせ、穴がまっすぐ花を見ている感じで角度を決める。そっと左手を放し、右手の親指でタタッとダブルタップ。カシャッ。シャッター音がして撮影完了。スマホの音声が「送信」と画面の表示を読み上げるのを聞いて確認し、もう一度タタッ。シュポッとLINE の送信音が聞こえた。送信できたはず。

数秒後、返信がきた。

「素敵に生けられています。見ないでよくこんなにはっきり写せましたね」

やった。褒められた。

返信してくれたのは、実家の母である。

スマホを手にするまで、私は写真を撮影することにあまり関心がなかった。シーンレスだからではなく、写真よりも音を伴う探鳥や音楽、文章とかかわる機会のほうが多かったからだ。

シーンレス向けの写真教室はかなり前から盛んで、フィルム時代から音や感覚を頼りに積極的に写真を楽しんでいる方がたくさんいる。仕上がりを立体コピーという特殊な発泡インクの印刷で触って確認する方法もあると聞いたことがある。けれども、私はそうした活動とご縁がなく、したがってそもそも写真を撮るという行動を、たまに座興でやってみる程度にしか経験していなかった。私にとって、写真は「撮られる」ものであって、「撮る」ものではなかったのである。

それが、スマホの進化とLINEなどのアプリの読み上げ対応によって一変した。スマホで写真撮影をして共有するという「新しい日々」が始まったのである。

生け花を写して母に喜んでもらうといった楽しみはもちろんあるのだが、私の場合、写真撮影はほとんどが実用目的だ。料理の試作品を写して送り、彩りや盛り付けを助言してもらったり、人前に出る日の服装を事前にチェックしてもらったり。ときには、「このかぼちゃ、まだカビ生えていないよね」といった切実なチェックも、写真をLINEすることで離れて住む母や友達にお願いできるようになったのだ。

これには、スマホの撮影読み上げ機能がサポートされたことはもとより、LINEやほかの視覚サポートアプリが日進月歩でシーンレスの撮影支援を充実させてくれていることが大変大きい。


だが、そうした機能がまだ初期のうちから、私は慣れない手つきで撮影のコツを模索しながら写真を撮るようになっていた。「もう少し上から写すと全体が見えると思う」「カメラのレンズが右側にあるのなら、スマホを少し左に寄せる感じで合わせてみて」など、油絵を相当にたしなむ母のアドバイスは的確だ。

やがて、親しい友達に「おはぎ作ったよお」と写真をLINEするほどの度胸もついてきた。

「これ、自分で写したの、すごい。しっかりピントが合っているから、誰かに撮ってもらったのかと思った。つやつやしてとってもおいしそうだよ」

こんな嬉しい返信をもらえると、人知れずピョンッと飛び上がりたくなる。実用目的なので、送信して用が済んだ写真はすぐに削除するが、嬉しい返信をもらったものは、ラベルと呼ばれる簡単な説明を自分で付けて保存しておいたりもする。後で誰が見るわけでもないし、写真自体を見られない私には記録にすらならないが、「嬉しい返信をもらった」という記憶にはなるからだ。もちろん、その日の喜びとともに、作った料理の味や作り方も一緒に思い出すことができる。

小さなことだけれど、まるで目の見える人のように写真を普通に使ってコミュニケーションする日がくるとは、ほんの数年前には夢にも思わなかった。

第1章　いきなりのデビュー

スマホから空が見えた

昨日、突然スマホに買い替えることになりました。操作の仕方が全く分からず、しばらく電話もメールもできないかと思います。よろしくお願いいたします。

出社するなり上司にこんなメールを出したのは、二〇一一年の秋ごろだったろうか。彼女の席で着信音が聞こえる。数秒後、上司が私の席に駆け寄ってきた。

「ねえ、大丈夫なの？　電話の取り方くらいは分かっていないと危険だから、手が空いたら教えてあげる」

少しして、作業が落ち着いた上司は周囲に一言断り、私の手を引いて近くの会議室に連れていった。

「いい？　いま私からかけるから、あなた、通話ボタンを探して押してみて」

それからしばらく、上司がかけてくれる電話への応答と、母に電話をかけるトレーニングとなった。

「よかった、すぐおぼえられて。これで一人になっても大丈夫ね」

上司はほっとした声になり、私たちは業務に戻ったのだった。


ピンチは、ある日突然訪れた。当時私たちシーンレスが唯一使えた画面読み上げ機能付きの携帯電話「らくらくホン」のボタンが壊れかけてきたのだ。シンプルに同じものを購入するのが簡単なのだが、そろそろらくらくホンがサポート終了になるという不穏な話が持ち上がっていた。そんな時期にあえてこれを使い続けると決めるか、あるいは——。

折しも歩行に関する本（『ルポエッセイ　感じて歩く』二〇一二年）を執筆中だった私は、同窓生に街中や施設で使われる「サイン音」について取材させてもらうことになっていた。私たちシーンレスにとって大きなテーマの一つである「歩行」にルポ形式で様々な角度からアプローチし、私なりの視点と感覚で思考を巡らせた本だ。エッセイの形を取りながらも、当時最新だった歩行補助器具の実践使用リポートから盲導犬たちの取材まで、多様な話題を盛り込んだ。東日本大震災と原発災害で取材日程の延期が続いたりもしたが、乗り越えてあちこち奔走し、無事書き上げた。その取材の中で、駅の入口や階段の昇降口などでよく聞こえる誘導チャイムや、音のトイレ案内のように、街で聞こえるサイン音をデザイン・研究している人がいると知った。それが、同窓生の武者圭氏だったことが分かった。

嬉しい驚きに包まれながら、歩行についての取材として担当の編集者さんから連絡を取っていただくと、武者氏は快く応じてくれた。懐かしさとともに、歩行という同じテーマに向き合う同志として、話は大いに盛り上がった。一時間ほどのインタビューを終えて雑談に花が咲いたとき、彼が得意そうに取り出したのが、うわさには聞いていたがまだ触れたことのない「スマホ」だった。

「iPhoneだよ。初めてスマホにするならこれがいいと思う。操作がシンプルで、分かりやすくできているから」

らくらくホン問題をこぼした私にそんなアドバイスをくれつつ、彼は器用にスマホを操作する音を聞かせてくれた。

触らせてもらった端末は、長方形の薄いプラスチック板のように思えた。その板の下の真ん中辺りに、指先がピッタリ嵌《はま》るくらいの丸いボタンがあった。画面からへこんだボタンをさらに押し込む。

「これがホームボタン。ここを押すとデフォルトの画面になるんだ。ほら、アイコンに触ると読み上げてくれるでしょ？　そこでポポッとダブルタップするとアプリが起動して、使えるようになるんだよ」

初めての説明だが、私もパソコンを使いこなしていたので理解できた。ダブルタップとは、画面をポポッと素早く二回軽く叩く操作であることも、このとき教えてもらった。

目で見て画面を操作するには、目的の項目に一度指をおくシングルタップで事が済む。シーンレスが同じことをするには、まず画面に触れながら読み上げ機能の「ボイスオーバー」でアイコンの名前を聞き、その声を頼りに目的のアイコンに指がおかれたことを確認する必要がある。それからアイコンを起動させるという二段階の操作がいるため、シングルタップで起動してしまうとめちゃくちゃに色々立ち上がることになる。そうならないよう、起動の操作はダブルタップになっている、とは後日分かったことである。

なるほど、何も教えてくれないツルツルした画面と思っていたが、言われるままに指をおいてスライドさせてみると、アイコンなるものに触れるらしく、初めて聞く音声読み上げの機械音が「あめふる」「メール」「メモ」などとアプリの名前を読み上げた。ためしに「あめふる」と聞こえたところをおぼつかない手つきでポポッと叩いてみると、ややあって時間ごとの天気の読み上げが始まった。

一三時、小雨、一ミリ未満
一四時、曇り
一五時、晴れ

聞こえてくる情報はこれだけなのに、まるで空の様子が見えているかのようだった。雨模様の空が少しずつ軽くなり、曇天へと回復していく様子が、この簡潔な読み上げから手に取るように感じられた。スマホから大空へと世界が広がり、心の中では雨上がりの木陰でヒヨドリが鳴き交わし始める声まで聞こえていた。

「わあ、すごーい。ボタンがなくても私たちに使えるんだあ」

カフェにいることを忘れて思わず感嘆の声を上げると、武者氏は嬉しそうにうんうんと応えた。

「大丈夫だから、乗り換えるなら挑戦してみたら」

これが、私とiPhoneの出会いだった。

シーンレスに使えるスマホには、米アップル社のiPhoneと、アンドロイド系の端末とがある。しかし、アンドロイドには画面読み上げアプリを別途インストールする必要があった。それも、個人の開発に依存するソフトと聞き、将来的な不安を感じた。

ではiPhoneならいいかというと、そう単純にはいかなかった。日本語で入力した文字の変換候補が読み上げられず、文章を正確に書けないことがシーンレス世界で問題になっていたのだ。仕事でメールを多用する私には決定的なハードルだった。

ところが、その「変換候補読み上げ問題」が、あっけなく解決した。ある日のソフト更新で、ボイスオーバーが変換候補を全て読み上げるようになったというのである。

「よし、それなら思い切ってスマホに乗り換えよう」

私は決心し、ボランティアとしてパソコン関係のサポートをしてくれている友人に相談した。

パソコンがシーンレスにとって不可欠な道具になったころから、シーンレスが自力で行うのが難しい端末の設置や接続設定、ソフトウェアのインストールや設定などをボランティアで訪問サポートするグループが、各地域で立ち上がり始めた。私の住む地域はその先駆的な役割を果たしていたようで、友人はそのグループのメンバーだった。これが、パソコン・ボランティア、通称「パソボラ」さんである。相談の結果、私が必要とするヘルプがグループのサポート範囲より高度だったため、優れた技能を持つ彼が個人のボランティアとしてサポートを引き受けてくれた。かれこれ「二昔」ほどもお世話になっている。

「スマホにするならiPhoneがいいと僕も思います。よかったらデビューのサポートしますよ」

ありがたい言葉に背中を押された私は、母に同行してもらって家電量販店を訪れ、何時間もかけて乗り換え手続きを済ませた。まだ何とか働いてくれていたらくらくホンとしばらくは並行して使いたかったのだが、当時そうするにはもう一つ電話番号を取得しなければならなかった。それはややこしいので、仕方なくガラケーコースを解約した。こうして、いきなりスマホ一台でがんばることになってしまった。パソボラの友人にまだ操作を教わっていなかったため、私は店でボイスオーバー機能をオンにしてもらっただけで、ほぼ何も分からないままスマホを持ち帰った。

上司にSOSメールを打ったのは、その翌日のことだった。

格闘の三カ月

いまとなっては懐かしいホームボタンだが、ガラケーのように機能ごとに触れられるボタンが並んだ操作パネルのよすがを失ってスマホの大海に漕ぎ出したシーンレスにとって、この小さな丸い存在は頼れる助っ人に思えた。分からなくなったときにはとりあえず、「この子」を押せば最初の画面に戻ってくれる。問題が解決するわけではないが、少なくともスマホが正常に起動しているか、ボイスオーバーが正しく動いているかを確認するよすがにはなった。

次なる課題は文字入力。目の見える友人たちがフリック入力で目にもとまらぬ速さで文字を書くのを目の当たりにして、私は自分の入力の遅さにがっくりと肩を落としてしまった。目的の文字に指を落とすところまでは、画面の枠との距離感を頼りにどうにかできるようになった。枠に小指を当てて、人差し指や中指で文字との距離を測れば、かなりの確率で一回で目的の文字の上に指を下ろすことができる。導きとなるものに触れて、それと指先との距離を測る技術は、ピアノの鍵盤に触れながら次に弾く指先の角度を細かく調整していく演奏の動作に通じるものがある。長年学んでいるこの「測る」というスキルが、思いがけなくスマホ操作で助けになった。

しかし、ボイスオーバーでフリック入力をするには、文字が選択できるようになるまでの時間が長くてとても待っていられないことが分かった。そこで、ボイスオーバー使用時には「スプリットタップ」なる動作が用意されているのだが、これもかなりまどろっこしく思える。この動作は、たとえば「う」と入力するなら、「あ」の音声を確認したらそこに一本の指をおいたままにし、もう一本の指で画面のどこでもいいから二回タップする。だが、叩くのが速過ぎると読み上げているより先の候補まで文字が進んだり、ボイスオーバーの動作が追い付かずに画面が固まったりして、結局最初からやり直しになってしまう。見える友達の真似をしてフリックでがんばってみたが、あまりの反応の遅さに数分で挫折。スプリットタップにもなじめず、当時は音声入力もあまり正確ではなかったため、スマホでの入力は「一仕事」になってしまった。携帯からのメール送信が大好きだった私には、文字通りライフラインを失ったような痛手となったのだ。

「ううん、やっぱりやめておけばよかった」

何度そんな溜息をついたことだろう。尊敬する武者氏に触発された勢いに任せ、いずれスマホに乗り換えるなら適応力のある若いうちにと勇ましいことを考えて決断したスマホデビューだったが、早くも氷山に行く手を阻まれたタイタニック号の船長のような気分になっていた。

それでも、携帯からメールを打たないと仕事にも暮らしにも困るので、何となく毎日スマホと戦っていた。

そんなある日、変化が訪れた。ガラケーと同じく一本の指で文字を何度も叩く方法と、たとえば「あいうえおぁぃぅぇぉ」順でなく、逆をたどって少しの操作で目的の文字を出す方法とを併用すると、安定した速度で打てることを発見した。これなら、点字を一点ずつ手打ちするよりもやや遅いくらいのスピードで入力できる。音声入力の技術が未熟だった当時としては、大きな希望の光となった。

最近は音声認識が格段に進歩しているので、一般的な変換であればかなりの精度で正しく書ける。読み上げを頼りに一文字ずつ確認しないと誤変換を見つけられないシーンレスには、音声入力後に修正をするくらいなら最初から正確に手入力するほうが効率がいいので、以前の精度では手入力のほうが現実的だった。だがいまは、簡単なメッセージで、かつ相手が私の状況を理解してくれている場合には、このステップを省略して多少の誤変換を赦してもらい、音声入力でサササッと文章を送っても問題なく通じるものが書けるようになった。

音声での楽々入力となると、おしゃべりな私はつい色々入れそうになるので、お口にチャックで簡潔な一言を心がけてはいる……のだが、ついつい「って、どうでもいいんですが」と本当にどうでもいいことをしゃべってしまったりもして。

シーンレスの中には、見える人に頼んで画面にシールを貼ってもらい、それを目印に文字を打っている人がいると聞く。画面での直接入力をせず、Bluetooth の外付けキーボードから打っている人もいるという。外付けキーボードという汎用の製品があるくらいだから、画面での入力は見えていても不得手な人がいるのだろう。ただ私は、画面に貼ったシールが剝がれる可能性があることと、外付けのキーボードを持ち歩くスペースが鞄にないことから、画面にタッチして打っている。

苦労話ばかりのようだが、楽しいこともある。ボイスオーバーがいろんな文字を一所懸命分析して素敵な読み方をしてくれるのだ。たとえば、「都心」を「みやこごころ」と読んでくれた。この読み上げには天気予報のアプリを読ませていたときに出会った。いったいどこの雅な都のやんごとなきお話なのかしらと思ったら、なんのことはない、いつもうろうろ出没している混雑した東京のど真ん中のことでありました。麻婆豆腐は「あさばば豆腐」と読む。朝に元気なおばあさんが合気道でもやって鍛えている様子を勝手に想像してクスリ。

この辺までなら、読み上げを聞いていれば文字の見当がつくのでどうにかなる。パソコンの画面読み上げでもこんな例は頻発するので慣れっこだ。

困るのは、読み上げを聞いても何のことやら分からないとき。青梗菜《ちんげんさい》を「あおこーさい」（青い光彩の謎の人物？）、お得を「おえ」（大丈夫ですか？）、御中を「おなか」（誰の？）、値引を「ちいん」（電子レンジのこと？）。こうなるとお手上げなので、指を上から下にシュッと動かす下スワイプという動作で一文字ずつたどり、謎の言葉の正体を見つけ出す。

「ねだんのね、あたい　いんようするのいん、ひく」

指をシュッと動かすと、このように一文字ずつ読み方を説明してくれる。

希望の読み方を登録することもできるが、「行って」のように「おこなって」と「いって」と場面に応じて読み方が違う語彙をやたらに登録するとかえって混乱するので、どのように登録するかには頭を使うことになる。

さらに機転がいるのが、読み上げは正しいのに音だけ聞くと別の意味に取れてしまう単語だ。たとえば「五期ぶりの増加」。「ゴキブリの増加」と聞こえるので一瞬ゾワッと鳥肌が立つ。新聞などの決算記事にときどき出てくる表現で、文脈を考えればすぐ分かるのだが、人間の本能といおうか、これだけは何回聞いても慣れることができず、「ゾワッ」がきてしまう。

画面読み上げに限らず、朗読や俳句の朗詠など耳で聞く場面ではこんなハプニングが満載だ。そんな出来事は頭の体操になる楽しみの一つでもある。

読み上げの声は一つの言語に男女含めいくつか用意されており、気に入ったものを選ぶことができる。たとえば日本語の音声には日本人の名前、英語には英語圏の人の名前、フランス語にはフランス語読みの名前が割り振られている。日本語の女性の声なら、ハスキーボイスの「Kyoko」と、滑らかな声の「Kyoko（拡張）」があるほか、「Otoya」など男性もある。英語なら、サマンサなど。活舌もよく、抑揚も大変自然で、最速に設定しても充分聞き取れる。時折漢字の読みが違ったり、設定によっては外国語や半角文字が混在すると暗号のような発声になったりもするが、たいていは感心するほど上手に読んでくれる。駅で鉄道遅延や振替輸送のアナウンスを読み上げている人工音声よりも自然に読んでいると思う。画面操作はさながら、朗読を聞きながら指を動かす感覚である。

キョーコちゃんやらサマンサさんやらが一所懸命読んでくれる文字たちは、ゴキブリだろうがミヤコゴコロだろうが、私には健気な読み上げさんたちの努力にほかならない。「そこ、ちょーっと違うんだけど、がんばってくれてありがとう」といつも心の中で話しかけている。

聞いてみたい場合は、iPhoneの「設定」から「アクセシビリティ」に入り、「VoiceOver」をオンにしてみると世界の誰でも聞くことができる。ただ、ボイスオーバーをオンにすると、先にも書いたようにシングルタップの操作がダブルタップになるのでご注意を。

それやこれやで、スマホを手にして数カ月は、ガラケーでできたことをスマホでできるようになるので精一杯だった。将来を考えればこの選択を後悔する必要はないというところまでは立ち直ったものの、スマホの恩恵を感じることはほとんどなかった。初期から自在にスマホを使いこなしている武者氏のようにスマホが大好きになれるとは思えなかったし、そのスマホが「体の一部」になる日がくるとも、ましてやその感動を本に書くことになるとも、この時点では想像だにしなかった。

不思議な変化

とはいえ、未来を予見するかのような「不思議な変化」は、確実に起き始めていた。気付いたのは、スマホが生活の中に自然に溶け込んできたころ、おそらく本格的に使い始めてから半年ぐらい経ったあたりの時期ではなかったろうか。あるとき、乏しい視覚記憶が、だんだんはっきりよみがえってきたような気がしてきたのだ。ここで、私の視覚記憶について少しお話しししておきたい。

四歳のころ、目の手術の麻酔から目覚めた私は、周りの景色どころか光さえも見えなくなったことを悟った。一年余り入院していた病室の窓から明らかに太陽のぬくもりが入ってきているのに、どんなに目を押し開いても明るい光が見えなかった。一度つぶってまた開いても、何かが見えることは二度となかった。翌日に目を開いても……。

小学生になっても、毎日のように太陽に向かって目を見開く行動を続けた。もしかしたら、光を見続ければ目が見えるようになるかもしれないと思っていた。けれど、光も景色も戻らなかった。入院していたころの記憶は自主的に封印したらしく一切残っていないが、学校で「光見《ひかりみ》」を続けていたことはよくおぼえている。クラスの友達を誘ってやっていたのだが、「太陽の光を直接見てはいけない」とある子の父親が注意したと聞かされて、その遊びはやめになった。私もいつしか、光を見ても見えるようにならないという現実を受け入れたのだろう。けれどいまも、明るい太陽の光に顔を向けることは好きである。光自体は見えなくても、おそらく脳の「視覚野」の辺りか何かが陽光を捉えて、脳の深いどこかで光を見せてくれるからだ。見るのとは違う、独特な感覚である。

見えなくなって数日後から、私はその時点で記憶にある全ての視覚情報を脳の引き出しに永久保存版の資料としてフリーズドライし始めた。

「トマトは赤だよね。キュウリは緑、ろうそくの火は赤、レモンは黄色」

手に触れるものの色を一つ一つ母に確認していた。身近な食べ物や建造物、太陽や三日月、星々などの天体。あるいはよく出かけた動物園で見た象のしわ、キリンの黄色い斑点、ウサギの白い毛並み。生活の中では鏡に顔が映る感じ、テレビ画面、母の化粧の白や口紅の赤。半世紀前の四歳児の日常で触れられるものは現代よりはるかに少なかったけれど、この「即決記憶保存」のおかげで、私はいまでも「見る」という感覚をある程度のレベルでいつでも思い出せるし、ある程度は見える人たちと「同じ言葉」で話すことができているのだ。後年思えば、あの年齢でよくやったと我ながら感心する。

とはいえ、生活訓練は大人になるにつれて充実するので、視覚記憶をわざわざ取り出さなくても事が済むようになり、こうした記憶を意識する機会は時とともに減っていた。原稿を書いたり、見える人と話したりしていて意識的にこの記憶を使ったほうがいいと思うとき以外、登場することはなくなっていた。

ところが、ボイスオーバーを聞きながらiPhoneの画面を触っているうちに、テレビ画面の記憶がうっすらと浮かび上がってきた。アイコンを見たことはないので想像するしかないが、小さな何かが画面の中で光っているような感覚が生まれたのである。

次に、アイコンたちが行儀よく画面に並んでいる様子がイメージできてきた。最初は点字の本をなぞるのと同じく画面上のアイコンを一つ一つ触って、横と縦の指の動きで点としての位置と距離だけをおぼえていた。それがあるときから、アイコンが並ぶ画面を一つの「面」として意識するようになった。ちょうど、見える人が画面全体を一瞥《いちべつ》するように、私のイメージにも長方形のスマホ画面全体がいっぺんに浮かぶようになったのだ。すると、アイコンの列からピンポイントで目的のものの場所をイメージできてくる。ここにこれがあって、こっちにこれがあって、と点をたどるのではなく、「ここにあるこれ」となるのだ。

折しも、私はこのころ、書道を手掛けていた。ひょんなご縁から何度か個展を開かせていただく機会があり、そのために母に文字の形と筆運びを習いながら、生まれて初めて本格的に筆で文字を書いていた。義務教育で習う漢字とカタカナ、ひらがな、アルファベット、そして五線譜は教養としてマスターしていたが、実際に使っていたのはもっぱら点字だったので、文字を書く、それも筆で半紙に書くなど、考えもしない挑戦だった。手の動きでどうにか文字を書けるようにはなっても、紙面をどう使うかをイメージする、どんな文字で「表現」するかを決めるなどの過程は、とても手に負えるとは思えなかった。

それが、スマホの小さな画面が一つのイメージとして脳裏に像を結び始めた頃から、白い半紙を机上に開くと、書きたい文字の配置が自然に浮かんでくるようになった。ここにこの文字を入れて、跳ねから下の文字の点まではこのくらいの空間をおく。左の行はこの辺から始めて真ん中にこれくらいの空白を作り、最後の跳ねはここまで。といった具合に、紙面全体が一枚の画像としてイメージされ、自分が書きたい文字がスパスパと嵌っていったのである。

このイメージが定着すると、スマホを触るのが苦でなくなってきた。ガラケーのボタンをイメージしていた頃のように自然にアイコンと指先がぴったり合い、画面が慣れ親しんでいるピアノの鍵盤と同じく「自由な空間」になっていった。こうなると、ボタンを探り当てて押し込むよりも、軽く触れればどんどん操作が進んでいくスマホのほうが楽だと思えてくる。文字入力も、音声速度の制限はあるものの、ボタンを押すよりもずっとサクサクとできるようになっていった。

ついに、格闘の月日が終わりを告げたのだろうか。その次にはいったい、どんな世界が広がっているのだろう。スマホデビューから一段落した私はそんな感慨に浸る余裕を得た。そしてふと、スマホを手にするまでの通信は、どんなだったのかと、幼い日々へと思いが旅を始めたのだった。

第2章　ちょっとノスタルジー

糸は声を乗せて

糸電話には、幼稚園か小学校低学年のときに出会った。私がおぼえている最初の学習雑誌の付録だった。

物心ついた一九七〇年代、会話の通信手段は普通、電話だった。文書通信の手段は電報。無線などの免許を持っている人や船舶など特殊な現場では、モールス信号などの電信や無線通信が使われていた。おそらくそこは現在も同じだろう。当時、一般家庭でもさすがに電話がない家はそうはなかったと思うが、種類は一つ。有線でダイヤル式の黒い固定電話、「黒電話」だった。

デジタル世代のみなさんに一応ご説明しておくと、ダイヤルというのは、電話機の前面に取り付けた円盤のようなもので、右横辺りから縁取るように、反時計回りに一から〇までの数字を一つずつ割り当てた穴がある。ここに指を入れて時計回り方向に引っ張ると円盤が回り、指を入れた数字の分だけ動いてその番号を電話に伝えることになる。いまでいう「入力」の操作だ。電話番号の順番に数字の穴に指を入れて動かすと電話がかけられた。これを「ダイヤルを回す」と言っていた。キュッと引っ張って手を離し、ウギューンと小さな回転音を立ててダイヤルが回るのを待つのは、ときにはちょっとじれったい。だがこのひと時は、私と相手がつながるのを待ちながら、ワクワクしたりドキドキしたりする特別な時間でもあったと思う。

受話器は電話機本体からコードでつながっており、話すときには電話機の前にずっといないといけない。いわゆるコードレス電話が登場したのは、ダイヤル式がいまのプッシュ式に代替わりしてからさらに後のことだ。

電話のマナーは基本的にいまと同じで、私の周りでは、常識的にかけて良いのは午前なら朝八時以降、夜は九時前までと教えられていた。いまならスマホで「電話してもいいですか」と事前にテキストメッセージを送るところだが、それができないため、予め約束したとき以外の電話は「いきなり」だった。つながったときに「いま話してもいいですか」と相手の都合を確認してから話すマナーもいまと同じ。ただ通話料が現在のように時間でなく距離によって決まっていたので、遠距離電話は手短に済ませるのが鉄則だった。

そんな電話のおもちゃが、糸電話だった。

昨今は紙コップやプリンカップの底に糸を通してつなげるのが一般的のようだが、私の世代に広く読まれていた学習雑誌は、わざわざ付録に「糸電話」を作ってくれた。掌《てのひら》サイズのテニスラケット型の枠を想像してほしい。円形部分の片面を塞ぐようにフィルムを貼り、真ん中に開いた小さな穴に糸を通して裏で玉止めする。あとは紙コップ方式で二つをつないでピンと張れば完成だ。自分で作るのではなく、付録として作ってもらったという特別感が嬉しくて、「付録」を大切に学校に持ち寄って遊んだものだ。

こんなにシンプルな作りだが、不思議なことに、この糸電話を使うと相手の声が電話のように糸を伝わって、ちょっと機械的な感じに変わって聞こえた。もちろん、数メートルの距離で話しているので相手の肉声も聞こえているのだが、糸を伝って「生でない」声が聞こえることは楽しめた。「本物みたいでしょう」と「電信技術」の出来栄えを私たちより嬉しそうに自慢しながら糸電話を作ってくれた大人のみなさんにはちょっぴり申し訳ないが、実は私たち、子どもながらに「生の声も聞こえちゃってるけど、おもちゃだからそこはなし」と心の中で突っ込みを入れていた。子どもはおもちゃの本質を意外にしっかり理解していると、ひそかに誇らしい気持ちになっていた。

服などを縫うために使われ、それ自体は音を出さないはずの糸が声という音を伝え、こんな簡単な受話装置を介するだけで肉声と違う音声に変換されて聞こえてくることに、私は驚いた。しかもその声が、「受話器」を耳に当てただけで集音される。周波数まで変わる。でも触っても感電しない。小さな仕掛け一つでこんなことができるのかと感心した。大人たちが自慢する気持ちも、分かる気がした。

学校でこれがはやると「付録がなくても糸電話」ということで、プラスチックのプリンカップに千枚通しで穴を開けて糸電話を作る授業も行われた。実は、円筒形に近いプリンカップのほうが付録の受話器型より集音効果が高く、糸を伝ってくる声がはっきり聞こえた。「見かけはいま一つだけど、音は付録よりこのほうがいいかも」と思ったことは、大人には内緒である。

糸電話がおもちゃとして通用した時代、電話の本体と受話器はコードでつながっていた。やがてコードレスの電話が登場すると、糸電話もだんだん影が薄くなっていったのではないかと思う。いまは、公衆電話と固定電話の親機、オフィスのデスクにある電話にコードがあるくらいで、家でもスマホだけを使っている人にとってはコードのある電話自体が既に珍しいかもしれない。

コードレス電話が世に出始めたころ、友達が、父上が子機を会社に持っていき、家に電話をかけようとしたがかからないとオフィスから電話してきたと話していた。家の中では子機を持っていればどこにいても話せるので、そのまま会社に持っていっても使えると思ったらしい。

「ほんと、びっくりだよねえ」

友達は苦笑していたが、私は、むしろ父上は正しいのでは、と思った。だって、これはまさに携帯電話の発想でしょう。電波の届く範囲を間違えただけで、使い方としては合ってるよね……。

あえて反論はしなかったが、私は父上こそ実は最新の発想の持ち主だったのではと思った。しかし、父上が出勤した後に子機が消えていたことに、家族は誰も気付かなかったのだろうか。電話に用がなければ気にしないのだろうが、なんだかそちらのほうが不思議だったりして。

指に残る手紙の記憶

小学校に入ると、クラスメイトの間で盛んに手紙が行き交った。低学年のうちは「今日は楽しかったね」とか、「明日も会おうね」とか、わざわざ手紙にしなくてもいいような話ばかりだったが、文字を紙に書く作業そのものが楽しくて、朝教室に入ると、お互いの机に手紙を置いた。自分の机に手紙があると、いそいそと読んだ。

鉛筆やペンで書く文字に筆跡があるように、点字にもそれぞれ癖がある。紙に手書きした点字は、慣れてくれば誰が書いたものかをそこそこの確率で判別できた。盲学校は少人数で、私のクラスは小学二年生までは七人、その後は卒業まで四人だった。このくらいの人数なら、一緒に教室にいれば点字を打つ音と席の位置で誰が書いているか分かるし、紙に書かれたものを読めば誰の字かも分かった。手打ちなので力の強さによって点の出方が違うし、分かち書きといって、音節ごとにマス開けする書き方やフレーズの切り方が完全に分かっていない子もいるなど、文字には一人ずつ特徴があった。これに手紙の折り方や封筒の閉じ方などを併せると、手に取れば読む前から誰からなのか当てることができた。それもまた、手紙交換の楽しみであった。

封書を触って中身を推測する「触る仕訳術」は、現在の暮らしでも役立っている。メールボックスに入っている封書の厚みや材質、セロファン紙の窓などの特徴から広告なのか公的なものなのかの区別がかなりの確率でできる。はがきや個人宛の手紙はそれぞれの形や雰囲気があるので分かる。宅配便や郵便の不在通知もそれなりの確率で見分けられる。触って分かるように切り目を入れてくれている業者もあり、大変助かっている。

問題はチラシの類で、マンションからのお知らせなのか広告なのかを判別するのがちょっぴり難しい。色で分かるようにしてあるらしいが、色が分からない私には紙質が似たチラシが多いので、これだけは持ち帰ってスマホのスキャン機能で読むか、誰かに見てもらうかしかない。ともあれ、点字の手紙で培ったテクニックは、大人になっても役立っている。形から推測した封書の種類を見える人に確認してもらい、当たって「すごいね」などと言われたりすると、心のなかで軽くガッツポーズしてしまう。こんな小さなことでも、当たればやっぱり嬉しい。

目で見る文字は筆跡や筆圧を味わうわけだが、点字は文字に直接触れるので、書いた人の手に触っているような感覚がある。盲学校では友達同士でよく手をつないで歩いたので、私は一人一人の手の感触を記憶していた。だから書かれた文字を触ると、相手の手の力や大きさ、汗ばんだり乾いたりといった感触までがよみがえってくる。授業中に文字を書く音を聞いているので、手紙が書かれている音も心の耳に聞こえてくる。点字の手紙はこうして、相手と手を握りあうような感覚を想起させる。目で見る手紙よりも体感的なものかもしれない。

普段は活字を使っている弱視の子たちが、私と文通するために点字をおぼえてくれたりもした。万が一シーンレスになった場合を考えて、点字を一応学んでいる子もいた。こうして、点字の手紙は視力の有無を問わず交換されていた。

私は手紙をもらうよりも書くのが好きだった。ただし、内容はかなりどうでもよく、「どの便箋にどんなレイアウトで書くか」をデザインすることにハマっていた。

点字の筆記用具は、プラスチック板に点を打つ穴がマス目通りにあいているものか、あるいは二行か三行の定規と呼ばれる部品を板の上で縦にスライドさせて書いていくものがあった。タイプライターもあったが、学年が進むとこの定規式の点字板または「懐中定規」と呼ばれる道具を使い、点筆《てんぴつ》と呼ばれる細い金属棒に柄の付いたもので点を打ち込む方法で書くようになっていった。鞄に入れて持ち運べるので、大学など「外の世界」で筆記するときに困らないからだ。

点とマス目の大きさが決まっているため、四角い紙でないと定規やタイプライターにうまく嵌らない。そこで工夫を重ねて色々な向きに合わせ、花形の便箋やエンボスの模様入りの一筆箋に点字を打つ。点字は凸面を左から触って読むので、打つときは裏面の右側から左右逆の形に打ち込む。そのため便箋の裏から打って表面に返してみたら模様の上に点字を打ってしまった、ということがよくあり、もったいないやら悔しいやらでやきもきした。

そんな私の「デザイン」はしかし、点字使用者の仲間にはあまり関心を持たれなかった。点字用紙という専用の紙にきれいに打たないと読みにくいのだそうだ。私はその辺はまったく気にならず、わざわざ厚くて打つのに力のいる点字用紙よりも、普通に文房具店で買えるルーズリーフやノートに書くほうが好きだった。手紙にしても、味気ない白紙にきれいに点字を打つよりも、色々な紙を選んでもらって打たれたあっちゃこっちゃの点字のほうが面白かった。よく学校で点字用紙を切らした子が貸し借りをしていたが、私だけ「普通のノート」に書いていることを知っていて、「麻由子ちゃんからは紙を借りられない」という共通認識がまかり通っていた。

高校時代にアメリカに留学したときも、日本の紙よりもさらに厚い点字用紙にタイプライターで打つのが一般的だった点字の読み書きに反旗を翻したわけでもなかったが、私は普通のタイプ用紙に日本から持っていった点字板と懐中定規でポツポツと打ってノートを取っていた。ハイスクールの授業では、この手打ちの音がけっこう気になるのではないかと思ったが、薄いタイプ用紙に打てば大した音がしないので、周りに気遣いする必要もなかった。午前中に短時間滞在していた盲学校では、タイプ用紙に手打ちする私のスタイルを見て、先生方が驚いていた。「軽く触れば読めるからできるんだね」と言われて、なるほどと思った。ギュウギュウ触って読むと、タイプ用紙のような薄紙に打った点字は見る間につぶれてしまうからだ。私は何度読んでもそこまでつぶさずに触れたので、どんな紙でも使えたのかもしれない。

手紙のデザインにハマった私の自宅の机の引き出しは、高校生になるころには便箋や

「可愛いノート」のコレクションで溢れかえっていた。引き出しに入りきらない便箋は、ホックボタンで蓋が閉められる「便箋箱」に詰め込んだ。実は当時のコレクションの一部は、いまだに使いきれずに世紀をまたいで仕事机の引き出しを占領している。昨今は点字どころか紙に手紙を書くことすらほとんどなくなったので、この便箋たちの活躍の場はほぼ皆無になってしまった。それでも、当時のウキウキした気持ちを思い出したくて、コレクションは大切にして、引き出しで威張ってもらっている。

「デザイン」が楽しかったので私自身は手紙が「大好き」だと思い込んでいたのだが、時を経てみると、実はそこまで「好き」ではなかったのかもしれない。あらためて気付いたら、我ながらちょっと驚いた。

子どもの頃の手紙は、どちらかというとメモや走り書きに近かったと思う。内容に他意がなく、会話のように気軽に交換を楽しめた。いまのスマホチャットと同じ感覚だと思う。

だが学年が進むにつれて手紙の話題は次第に重たくなり、「口ではいえない」ことになっていった。恋の悩みあたりはまだ可愛いものだが、友達や先生の悪口とか、いわゆる青春の思いのたけを長々と書き綴って渡してくる子がいたりすると、読むにつけて気が重かった。何しろ、そういうものをもらったら、「返事」を書かなければならない。書かないと「どうしてお返事くれないの」と問いただされるし、書いた内容が気に入らないと「あのことだけど」とさらに追及される。あまりに熱心なクラスメイトに「もうこういう手紙は書かないで」という手紙を書いたら、「どうしてなの、ひどいじゃない」という手紙が返ってきた。駄目だこりゃ。

中学三年生のとき、修学旅行で金沢を訪ねた。後日、お世話になった旅館や博物館の人たちに分担してお礼状を書くことになった。私は、三日間乗せてくれたチャーターバスの運転手さんへの手紙を受け持った。この方は大変優しく情熱的で、私たちにできる限りの経験をさせようと心を込めて運転し、語り掛けてくれた。引き潮で現れた浅瀬にバスを乗り入れて走ってくれたときには、みんなスリルと楽しさでワアワアと大喜びだった。

後で先生の話を聞いて、私は楽しかった気持ちとともに申し訳なさでいっぱいになった。

「あれは、大変なことだったんだよ。あんなところを走ったら、バスはすごく汚れてしまう。海水と砂を洗う作業は本当に大変なんだ。それを厭わずに走ってくれた運転手さんは、素晴らしい人だったんだよ」

言われてみれば……。海で遊んだ後に水着や足に付いた砂を落とすのがどれほど面倒か、海水のべたつきがどれほど煩わしいか。自身の経験に照らしても先生の話には大変説得力があった。そこで、お礼状にはその気持ちを素直に書き、心からの感謝を思いつく限りの言葉に託して綴ったのだった。私としては、それで一応伝えたかったことは伝えられたと思った。

ところが、内容をチェックした担任の先生が、「あの手紙はラブレターみたいな感じがした」と感想を述べたと聞かされて、愕然とした。運転手さんは素敵なおじさまだったが、当然、中学三年生の女子の恋愛対象になるような距離感ではない。これはひとえに、私の表現が過剰だったからにほかならないだろう。思い当たるのは、使った語彙が日本語の手紙にはふさわしくない、英語でいう「感謝を込めて」や「心の底から」のような直接的な表現だったこと。これがまずかったのかもしれない。英語大好き少女だった私は、こういう表現を英文の本で見て憧れていたため、自然に日本語の文章にも使ってしまったのだろう。そんな背景を知らずに読んだら、確かに「ラブレター」みたいに思えてしまったかもしれない。きもちわるがられただろうか。一所懸命書いた充実感に浸っていたのに、先生にすら妙な読み方をされてしまい、元気がしぼんでしまった。

この出来事があって、手紙を書くのがいやになった。心を込めて書いたものでも、読み方によっては想定しきれない方向に読まれてしまう場合があるらしい。それに、そもそも手紙って、もらう側になるとなかなか重たいではないか。そんな面倒なこと、やーめた。

というわけで、私は手紙の「デザイン」以外、文通への興味をあっさり失った。当時流行っていた外国人ペンフレンドとの文通も人並みに経験したが、こちらは重たいというよりは内容が上滑り過ぎて、面白くなかった。日本にはない紙に書いてあるのだけが興味深かったが、内容はやはり「なんだかなあ」という感じで白けてしまった。

いまでも、文章を書くのも電子メールを交わすのも大好きなのに、手紙の交換は苦手だ。メールなら気軽に書いても許される範囲が広いような気がするし、用が済んだら削除できるので、そのときの「時間の色」から卒業できるからだろう。しかし手紙は相手と間接的に触れ合う感じがして、捨てるに捨てられなかったりする。そのため時間の切り替えがつかず、いつまでも当時の時空に閉じ込められてしまうような気がする。どうも、書くのが好きなことと、「手紙を」書くのが好きなことは、別の話のようだ。

交換日記、交換小説

手紙と違い、中学時代から大学時代まで楽しんだのが、交換小説だった。

中学時代に仲良しだった級友の女子と交換日記を交わしたのが「交換物」にハマるきっかけだった。日記といっても、ほとんど終日学校で一緒にいるので、あえて読んでもらうために書くことは自然と放課後に別れてからの話になる。一人っ子だった私は、級友が書く二つ違いの「お姉ちゃん」とのやりとりに大いに興味を惹かれた。彼女も心得ていて、「お姉ちゃん話」を積極的に書いてくれた。私の日記については何が面白かったかを聞いたことはなかったが、続いたのだからそれなりに楽しんでもらえたのだろうと解釈している。

日記の最初に書く天気に続けて、しりとりやら連想ゲームやらの単語が入ることもあったし、その日に学校で話題になった言葉やテレビで聞いた流行語をポンと書き入れることもあった。

そのころ私は、架空の学校を舞台にした青春ストーリーを作るのに夢中だった。その中学生版学校ごっこにはずいぶんたくさんの友達を巻き込んでいて、いま思えばみんなよく付き合ってくれたものである。

その学校はインターナショナルスクールのような所で、仏教派（いま思うと真言宗）、キリスト教派（いま思うとプロテスタント）、無宗教派にクラス分けされており、それぞれの「派」に即した学問を習える教育プログラムが組まれていた。お寺とチャペルの間にある「反省室」も学校の特徴の一つだった。この学校の中学二年（国際的には八年生）のクラスに、米カリフォルニア州から転校してきた少女がやってきたところから物語が始まる。日本人の父とアメリカ人の母の間に生まれた少女は、「クリスティー・聖良《セイラ》」という名前だった。日本語がままならないためいじめを受けたり、共に戦ってくれる親友ができたり、金持ちの子女からわいろをもらって成績表を改ざんしているアルコール依存の先生がいたり、美しい米国人女性の「クリスタル先生」が世直しをしたりと、毎日尽きないネタが浮かんできた。

そんな学校の日々を架空の日記に綴り、何人かの友達と交換していた。相手によって微妙に学校の設定や出来事が変わる。正義感の強い子とはがっつりした青春ドラマが展開されたし、おっとりした子とは、学校内にある特殊学級の子たちとの出来事などで盛り上がった。

私が幼稚園から高校まで通った学校は完全受験制の進学校だったので、他の公立盲学校と違って知的障害児がいなかった。そのため特殊学級の話はあくまで想像の域を出なかったが、優しさがテーマになっていた点では一応物語として成立していたということにしたい。

要するに、この架空の学校ではあらゆる立場の子が学ぶことができた。この「学園」は、盲学校でなく一般校に通って統合教育で学びたいという希望がずっと叶わなかった私にとって「居場所」でもあったと思う。健常者とともに学べたのは、アメリカ留学と大学進学のときだけだった。だから、せめて頭の中ではどんな子でも学べる学校を作りたいと思っていたのだろう。

さて、この想像の学園を描く交換日記とともに、冒頭でご紹介した級友とは交換小説もやりとりしていた。どちらからともなく設定が決まり、少しずつ「続き」を付けていく。しかし、お笑い好きだった私たちのことで、内容はいつの間にか駄洒落合戦の様相になってしまい、「しょーーーがないねーー」と言い合っていた。

恥を忍んで一つだけご披露すると、冒険小説を書こうということで、嵐の中あちこち行く話を作った。行った場所に次の目的地を示唆するメッセージが残されているのだが、たとえばこんなふうだった。


「わあ、いたたたた」

「どうしたの」

「足がつったあー。あっ、ここにメッセージが……」

「なになに？　足摺岬《あしずりみさき》？」


メッセージ発見にはこのような「前兆」があり、見つけたメッセージはそれにちなんだ内容、しかも次の目的地は駄洒落という、なんともはやな小説であった。噺家さんに聞かれたら「破門だあ」と言われそうなレベルだが、そんなものでも点字でポツポツと書き合うのが楽しかったのだ。

高校、大学とお互い違う道に進んでも、交換小説は続いた。憧れや社会への意識、進路や哲学への考え方など、夢見がちな私と現実主義の彼女の違いがどんどんはっきりしてきたが、それもまた楽しからずやだった。

口数が少なく人前に出るのを恥ずかしがっていた彼女は、おしゃべりで一見闊達《かったつ》に思われていた私とは対照的な印象だった。一方、元気いっぱいに見えた私は実は慣れない場所や人が苦手で、本当は一人で書き物をしているのが好きだった。対面では見えてこないこうした一面が、文章を交換すると自然に表れてくる。そこに気付いたとき、これは文章というものの面白さだと思った。

静かな雰囲気の彼女はお笑い番組を数多く見ていて、じっくり話してみると破格に面白い。日記にも漫才レベルのギャグをポンポン書いてくる。「お姉ちゃん」に最先端の漫画を大量に読み聞かせてもらっているため、主に文学作品を母に朗読してもらっていた私が親しんでいたのとは違う世界を知っていた。彼女の家にお泊りしたとき、初めて会った「お姉ちゃん」は、私にも漫画を読み聞かせてくれた。三人でゲームや追いかけっこをして遊びながら、親の声だけが聞こえる静かな家とは全く違う空気に圧倒された。私は両親に深く愛されて育ったのではあるが、年が近くて仲の良い同性のきょうだいがいることや、

「お姉ちゃん」として級友のハンディを優しくフォローしてくれている感じが羨ましくも思えた。

「そんな素敵なもんじゃないよ。お姉ちゃんはね、厳しいんだから」

私が羨ましがると、彼女は決まってこう返していた。それが家族のリアルというものなのだろう。そんな会話も含め、お互い、見かけと違う心を持っていることを共有し、受け入れ合い、自由な発想で書き合っていた。

その後、私はフランスの哲学者アランの『幸福論』や、その源流となったモンテーニュの『随想録』に魅せられてエッセイストになる夢を持ち、小説と違うものを書くことになった。だが、あのころ友達と交換した山のような日記や小説を通して、書く作業をすると、自分でも気付かない、あるいは会話だけからは見えてこない心の機微が自然に表れてくることを学んだと思う。

ペンと目と翼

大学院を修了した一九九三年の春、私は世界的に知られる外資系通信社に就職した。仕事として希望していた翻訳のチームで募集があり、試験に合格できたのである。英語の経済・金融ニュースを日本語に訳してデータ配信する仕事だ。

入社当時、インターネットはまだ初期の段階で、大半の人が紙で新聞を読んでいた。電子メールももちろん使っていたが、毎朝ニューヨークやワシントンの支局から送られてくる資料の一部はファックスだった。いわゆる黒電話からようやくファックス機能付きのものに切り替えたような家庭環境にいた私には、海の向こうから海底ケーブルを伝って地球の反対側で流れたニュースや社内の連絡事項が東京の私の席のすぐ後ろにたどり着いていることに、毎朝飽きずに感動していた。電子メールは一瞬にして届くので、データが遠距離を旅してやってきたという感覚がほとんどない。だがファックスは、回線から受けたデータがチュルチュルと紙に印刷され、ユルユルと大きなファックスマシンの隙間から出てくるので、「きてるきてる」という実感があるのだ。いま手書きしたメモを郵便局を経ずに遠距離の相手に送ることができるのもまた、感動だった。

一方で、断じてネット社会に足を踏み入れない人々の信念に出会って、驚きと感動をおぼえることもあった。

長年師事している俳句結社の主宰は、ファックスを現在の電子メール感覚で使いこなし、手紙を送信してこられる。ところが、ファックスというリアルタイムの通信手段を見事に駆使しながら、いまだに電子メールを使われない。私はファックスを受け取っても誰かに読んでもらわなければならないが、電子メールならパソコンの画面読み上げソフトで読めるので自力で処理できる。そのため電子メールでの通信をとお願いしたところ、「私は電子メールというものを使わないので」との電撃の一言で現状が分かったのだった。

先生が今世紀の五分の一を経た現在もなお電子メールを使われないのには、感覚的なハードルがあるのではないかと思う。ファックスは紙を介する通信方法なので、手紙や電報の延長線上の感覚で使えるのではないか。だが電子メールは実体がないため、紙のように「保管している」という安心感がない。データに慣れてしまえば保管した確信を持って扱えるようになるのだが、ここが乗り越えられないと雲をつかむような感覚になってしまう。書式や送受信のタイミングも、ファックスなら電話の感覚に近いが、電子メールは一瞬で時空を超えるし、特にパソコン間であれば夜中でも未明でも受信者に迷惑がかからない。こういった常識の違いに適応するのも、紙時代を引きずってしまうと難しいのかもしれない。

いまやファックスも絶滅危惧種になりつつあり、時代が二つも三つも進んだ感がある。そんな中でもファックスのみで通信している先生は、ある意味で信念の人ともいえるだろう。

就職して少しすると、私もインターネットを本格的に使えるようになった。画面読み上げソフトがインターネットに対応したのだ。これでやっと、会社のネットワークをほかの人たちとかなり近い状態で使えるようになった。

中でも革命的だったのは、「新聞が読める」ようになったことだ。

入社面接のとき、上司となる人が「朝一番に新聞とファックスが読めないとニュースの翻訳は難しいのでは」と懸念を口にしたことはいまも忘れられない。テレビのニュースを見てくるし、ネットで調べることもできるから大丈夫なはずだと言っても、なかなか信じてもらえなかった。新人時代は、研修の意味も含め、新聞を朗読してもらうことが私の仕事の一つになっていた。

インターネットを使えると、人に音読してもらわずとも新聞が読める。ファックスが読めない問題についても、新聞の海外欄が読めれば補えると上司も納得してくれた。こうして、入社からほどなく読み上げによるネットアクセス環境が整うと、いわば一人前の情報収集ができるようになり、「新聞朗読研修」は必要なくなった。

つい数年前まで、電話をかけると新聞の紙面を音読してくれるボランティアのサービスがあった。私も利用した時期があるが、ネットがあれば、こうした助けが必要なくなり、ボランティアの方たちは別の支援活動ができるようになる。

さらに電子メールは活字で読み書きされるので、点字しか使えない私でも、目の見える方たちと同じ文字で通信し、データを共有できる。手書きでは書けなかった一般文字の手紙も、電子メールなら普通に書けるし、受け取れば読めるのだ。遠距離の人たちとも一瞬でやりとりができる。

エッセイストとして執筆するようになると、原稿をパソコンで書いてメールで送信できるようになったことで、仕事の効率がぐんと上がった。

自宅にインターネットが開通した日、初めて送信したメールは九人に宛てた。一瞬にして、九人と通信できてしまったのだ。普通の空間で九人に一回で情報を伝えようとしたら、腹の底から大声を出すとか、カシカシと同じ文章を九通書かないといけないのに、送信ボタンをポチッと押したら一瞬でメッセージが飛んでいった。どこかで、伝書バトがハタハタと飛び立つ音が聞こえたような気がした。

インターネットは私にとって、点字でない一般文字を普通に書けるペンと、それまで人に助けてもらわなければ見ることのできなかった新聞などの情報を見るための目と、遠距離の人たちに話しに行ける翼をくれたと思う。ペンと目と翼であるインターネットと、それが掌に収まるスマホは、いまや私の体の一部となっている。技術が進歩するにつれ、その「一部」の度合いはますます高まってもいるのである。

点字の手紙と電話が主な通信手段だった昭和から見ると、ファックスで感動した平成を経て、個人間の通信からニュースやSNSなど大規模な情報へのアクセスまで、私の通信の歴史は「革命」のような大きな時代の波を航海してきたことになる。昭和からすれば、令和の現在は文字通り「近未来」であり、気が付いたら、私はその近未来を現在として生きているのだった。そしていま、当時は夢にすらできなかった「人に頼らず文字を読む」

とか、「画像の中身を知る」、あるいは「遠くにいる人にリアルタイムで助けてもらう」といったことが、現実にできることとして叶っている。夢が叶ったどころか、夢以上のことが進行形の現実となって、私の生活から気持ちのあり方までを変え、光に満ちさせてくれている。点字時代からいままでをこうして振り返って、あらためて「いま私は未来にきたんだ」と思うのだった。

第3章　スキャン、アイキャン

賞味期限は謎のまま

シーンレスの食生活には、いくつも困りごとがある。レトルトや缶詰のように種類を問わずパッケージの形が同じものは、手で触れただけでは中身が分からない。冷凍食品のように調理法がそれぞれ違う可能性があるものは、その都度誰かに説明を読み上げてもらう必要があるし、乾物類は、たとえば丸ごとの干しシイタケや煮干しのように大きくて形がはっきりしたもの以外、袋の外からでは中身の形が分かりにくく区別しづらい。どれも小さいが手数のかかる困りごとで、挙げ始めたらいくらもある。

食品を区別するときにはまず、誰かにパッケージ表示を読んでもらい、自分で点字ラベルを作って貼っておく。特に缶詰やレトルトのように備蓄を兼ねて長期間保存するものには、このラベルが不可欠となる。

ただ、余裕がないときにはこの作業ができず、見る間にラベルなしの謎商品が貯まってしまう。こうなると、中身が何かは運任せになる。缶詰なら缶の形である程度見当がつくし、レトルトは中身がコロコロと手に触れれば少なくともひき肉物ではないと分かるが、それはほんの一部で、後は「出たとこ勝負」。何に当たっても何かしらの料理になるように周辺の具材と調味料を用意しておき、「きょうはトマトスープが食べたいんです。このサバ缶が、どうか味噌煮じゃなくてトマト煮込みでありますように」と天の神様に念を送ってから開ける。神様が「優しい」ときもあれば「ちょっと意地悪」なときもある。信心が足りないのか普段の行いが不備なのか、はたまた神様の気まぐれなのか、はずれたときには「セ・ラ・ヴィ（それも人生）」と達観した体でオプションの一つに想定していた「別の何か」を作って自分を宥《なだ》める。

たとえば、「簡単ランチ」の日にレトルトを開けるとする。中身は買い置きしたカレーの可能性とシチューの可能性がある。どちらでも大丈夫な料理ができるよう、ちょい足しにするものをタマネギのみじん切りとマッシュルームとニンジンにし、レンジで蒸しておく。これをボウルに入れてレトルトを開け、中身を入れる。ここで初めてどちらを開けたかが分かるが、「大丈夫な具」を用意してあるので再度レンジで温めれば主菜が完成する。これなら、どちらができあがっても同等のクオリティと好みで切り抜けられるというわけだ。本当はカレーが食べたかったのにシチューになったりしたときは、イソップ物語の『酸っぱいブドウ』で手の届かないブドウに狐が残す捨て台詞のような境地ともいえるので、さみしいと思えばさみしいが、それでも毎食充分にいただけることには感謝しかない。食事を前にした「いただきます」は、私が一番素敵だと思う言葉である。

冷凍食品やレトルトの調理法はそれぞれ違うので、こちらは余裕がなくてもできるだけ誰かに読み上げてもらって記憶する。複雑な場合は点字でメモしたりICレコーダーで録音したりする。うっかり忘れたり、読み上げてもらいそこなったりしたときには、生ものと同じく鍋釜で加熱する。これでたいていは大丈夫。

問題は、賞味期限である。区別については間違ったものを開けてしまっても、がっかりしたりびっくりしたりはするが命に別条はない。だが賞味期限はともすると健康被害にかかわる可能性もあるので、特に重大だ。自炊に慣れなかったころは賞味期限の重要性をあまり意識しておらず、日にちを細かく記録するところまで気にしていなかった。だが、東日本大震災をきっかけに計画的に備蓄を始め、これらを含め大量の食品を独力で管理するようになって、賞味期限を無視してはいけないことを学んだ。一年前に賞味期限を迎えた鰹節が引き出しの奥から登場したり、冷凍庫の奥から半年以上前に期限を迎えた魚が発掘されたりしだしたからだ。当初は手製の点字ラベルに「オイルサーディン」「トマトのキーマカレー」など商品名だけを書いていたが、賞味期限も同時に見てもらって書き込むようになった。

残念なことに、冷凍食品は表面の水気でラベルが剥がれてしまったり、紙シールに書いた点字がつぶれて読めなくなったりして、ラベルを貼って識別するのは無理だと分かった。市販の冷食はパッケージがツルツルしていて、そもそもシールを剥がさないように本体を動かすことさえ難しい。作り置き法の本などには作った日にちを書いて貼っておくようにと書いてあるが、点字ではそれが無理なのだ。

結局、作り置きの冷凍は「しない」ことにして、冷蔵室や野菜室に保存し、手に触れてはっきりと何かが分かるものだけを取り置きするようになった。市販の冷食は、似た形のものを同時に買わず、消費してから次を買うことにした。どうしても似た形のものを同時に買わないといけないときは、どちらかをポリ袋に入れて区別した。輪ゴムをはめたこともあったが、あれこれ庫内をかき回しているうちに抜けてしまうので、この作戦は却下となった。

読み上げてもらう余裕がなく賞味期限が分からないものは、「食べて美味しくなかったらやめる」を基準にした。もちろん、極力購入時期を記憶するようにはしているし、冷食はそれなりに識別できるので、スマホなしの時代にも食べて倒れたことはなかった。

それが、スマホのスキャン機能で食品パッケージを読めるようになったことで一変した。賞味期限を基準に備蓄のサイクルを決めたり、「今回はこれを先に使おう」といった決定を自信を持って下したりしながら食品を管理できるようになったのだ。すると、大げさなようだが、生きることに自信がついた。ここにある食品はこういう状態と分かるだけで、こんなに安心できるものなのかと、パッケージをスキャンする度に驚いている。

ただスマホも万能ではないので、「読めればラッキー、読めないのが当たり前、絶対に正しく読めているとは限らない」を座右の銘に慎重さを失わないよう心がけ、やはりレトルトと缶詰は少し期限を過ぎても大丈夫そうなものを選んでいるのだが。

夢のスキャナーアプリたち

スマホを少しずつ使いこなし始めてまず感動したのは、スキャンした文字がその場で読めることだった。それも、従来のアプリのように撮影してから解析するのでなく、スマホをかざしたときにカメラに入った文字を片っ端から読み上げてくれるアプリができたのだ。これらは、ちょっぴりではあるが音読の助けになってくれはじめた。

いち早くこの機能を開発したのは、シーンレスの社長が経営する福祉機器開発の老舗会社だった。それまでは、汎用のOCRアプリで読みたいものの上にあてずっぽうにスマホのカメラを合わせてシャッターを切り、その範囲で解析されたものを画面読み上げ機能の「ボイスオーバー」で読み上げていた。それでも、手元のスマホですぐに点字でない文字が読めるのは夢のようだった。スマホの登場まではスキャンに特化した福祉機器を買うしかなく、その値段は約二〇万円だったからだ。使いやすさは抜群だったが、市販のスキャナーで読み取った文字情報を別途購入したOCRソフトで解析させるのとほぼ変わらない精度だったので、私はこのスキャン機器の購入を断念していた。

その機器を開発していた会社が、「ライブリーダー」と呼ばれるリアルタイムスキャン機能を搭載したスマホ向けOCRアプリを発売してくれたのである。値段は数千円とアプりとしては比較的高額だったが、ほかに同じ機能のものがなかったため迷わず購入した。精度については色々注文がついたりもしていたが、郵便物の仕分けや宅配便の不在通知の識別くらいはかなり確実にできたので、何も読めなかったころに比べれば格段に助かっていた。見えていないのに適当にカメラを合わせて撮影したものを解析させるよりは、手を細かく動かして文字を認識させながら、とぎれとぎれでも「そこにある」文字を読んでもらえるほうが、得られる情報量は増える。誤読もちょいちょいあるが、そこはご愛嬌としてこちらの頭で「解析」して謎を解く。全部とはいかなくても概ねの内容が分かれば、郵便物の仕分けくらいなら用が足りる。封書は全てを読むのが難しいので人の助けがいることにいまも変わりないのだが、それ以外の作業、たとえば破棄してもいいチラシなのか、マンションからのお知らせなのかといった判断などについては、全ての仕分けに人の目を借りるしかなかったそれまでの日々からすれば、千メートル級の山を一つ制覇したほどの進歩である。

何が読めるかと興味津々で、手にしたものは何でもスキャンした。人の少ない場所で自販機の中の商品を識別できるかにも挑戦した。残念ながら、当時のスマホカメラの精度とアプリの解析能力では、相当の時間をかけても一部が読める程度で、実用には至らなかった。一つには、カメラがどこを写しているかが見えていないので、文字が読めてもその製品に当たるボタンの位置が特定できなかったのが大きかった。それに、ライブリーダー機能は目の見える人たちにはほぼ全く知られていないので、自販機を盗撮しているなどとあらぬ疑いをかけられかねない心配もあった。店舗でもそっとパッケージのスキャンを試みたが、やはりあらぬ疑いの懸念があったのでやめにした。

現在は、マッチングアプリを使い、スマホで写した映像をボランティアの方が見てサポートしてくれるシステムが生まれている。それを利用し、店内で商品を撮影して教えてもらうことが、シーンレスの中では徐々に普及してきている。慣れた店舗で決まった商品を買う場合には、スキャン機能で種類などを確認して自力で購入している人もいると聞く。シーンレスが店内で商品をスマホでスキャンしているのを見かけたら、そっと見守っていただけたらと思う。そしてできれば、スキャンをサポートしていただけると大変ありがたい。

マンションのエレベーターに貼ってあるお知らせの文面はなかなかの精度で読めた。ただ、たとえば一階で乗ったとして、認識させて読み上げを聞いている間に自宅の階に着いてしまうので、全部を読むひまがない。誰かと乗り合わせたときにはそんな怪しいことはできないし、「張り紙があったら中身を教えていただけませんか」とお願いして要約していただくほうが速い。「読める」ことと「用が足りる」こととは違うのである。

では、掲示板の紙面はどうかというと、確かに読めるのだが、こちらは私の身長では位置が高過ぎて、スマホでスキャンしようにも上まで届かず下半分しか読めなかった。何とか一番上から読みたい。小学生時代の身長測定のときみたいにグーンと背伸びしてもまだ届かない。エレベーターの中の張り紙も同じく高過ぎて届かない。思わずジャンプしてしまいそうになって寸止めしたり。子どものころもっと牛乳を飲んでおけば良かった……。

当初はこんな調子だったが、スマホを手にして一〇年余りが経過したいまでは、「シーイングＡＩ」や「サリバンプラス」など、世界的に広く使われているシーンレス用のスマホアプリが日々進化し、私たちを助けてくれている。認識の精度はアプリによって一長一短だが、この二つのアプリはアカウント登録などの手続きを経なくても使えるので気軽である。

これらはアプリだけでなく、おおもとのＡＩが日進月歩で解析能力を伸ばしてくれている。読めないものもまだまだあるが、少なくともパッケージの製品名、調理法の大半の文面、成分表のかなりの部分は相当の確率で読んでくれるようになった。

そのため、レトルト食品をまとめ買いしてきても困らなくなった。時間のあるときにスキャンして品名だけでも見つけて、点字ラベルを貼っておけるようになったからだ。助けてくれる人がいないときでも、手で触っては読めない文字をかなりの確信を持って読み、自力でラベルが作れるのだ。

よく買う会社の商品なら、品目が違っても表示の書式がかなり統一されているので、一度コツをつかむとそれなりの確率で多くの情報を捕まえられるようになる。うまくいくと賞味期限も読める。商品の「売り」が書かれた辺りの下に「調理例」と読む場所があり、その辺をそっと左右にスキャンするとなかなかの確率で賞味期限を読み上げてもらえる、といった具合だ。能書きからいきなり数字を読み上げるので、「全集中」で数字を聞き取って記憶する。日本語表示であれば年月日の順で書かれているので、すぐにそれと分かる。

開ける前に「中身が分かる」ことは、見える人には当たり前かもしれないが、ついこの間まで、シーンレスにとっては「分からないのが当たり前」だった。だが、スマホのスキャンアプリが進化してくれたおかげで、開けて食べてみなくても「中身がけっこう分かる」時代になった。「どれどれ」と眼鏡をかけて覗くぐらいの手間でスマホをかざすと、中身が分かる……。それがこれほどの自信と確信につながろうとは、私自身も驚きの発見だった。

先に書いたランチの風景は一変した。きょうのランチは何にしようか、忙しいから簡単に、というとき、キッチンのストックボックスから取り出したレトルトカレーのパッケージを調理台におき、当然のようにスマホでスキャンする。点字ラベルをまだ貼っていなくても恐れることはない。「トマトキーマ」と読み上げられるのを確認し、「よし、きょうはトマトキーマカレーにオーガニックの全粒粉パンでいこう」と自信を持って準備にとりかかれる。マッシュルームとみじん切りのタマネギをレンジで下ごしらえしてからカレーを入れて再加熱。副菜には作り置きのピクルスや蒸し野菜を添えて、ミルクとスパイスと紅茶を温めてチャイを淹れる。あてずっぽうで組み合わせた以前の簡単ランチとは違う。もう、全てが私の希望通りの立派なランチの完成だ。

夜のスキャンも恐くない。以前は暗がりで電灯を点《つ》け忘れてスキャンすると何も読んでくれなかったが、最近のアプリは自前のフラッシュ機能で照らしてくれるので、シーンレスが明るさの心配をしなくてよくなった。スマホはいまや、眼鏡と同じくらい身近で、すぐに手が伸びる「掌の中の目」になっている。妖怪たちは夜目が利くそうだが、スマホもあやかし級によく見えるのだ。なんと強い味方だろう。

「げきから」騒動

長い間パッケージが読めないことが「デフォルト」だったので、私は、パッケージを「読んでもらう」ことをまず最初に考えていた。それがいまは、まず「読んでみる」という発想に変わった。これは単に「できなかったことができるようになった」だけではなく、心の在り方が「全く分からない」という諦めから「少なくとも何かは分かる」という自信に変わったということでもあった。こういう気持ちで暮らすと、ほかのことでも「少なくとも少しはできるかもしれない」と思うことが増えてくるから不思議である。

一方で、かなりのことができるようになっただけに、「できないこと」に出くわすと、悔しく、もどかしく、びっくりする。何度も登場している賞味期限も、あるものは読めるが、どうやっても読めないものもある。目で見ればすぐに見つかり、スマホをかざしてみるとカメラにはしっかり捉えられているのに、読み上げができない。カメラに写っていても、スマホが文字だと思っていないのだ。

「なんでだろうね、こんなにはっきり写っているのに」

実験に協力してくれた友人が首をかしげた。そこで、アプリで解析できないときには、ビデオ通話で誰かにパッケージを見せて読み上げてもらっている。

調理法や成分表示は少なくとも八割がた読めることがほとんどなのに、残念ながら賞味期限だけはまだ「読めない」を前提にするのが確実だ。

読めると安心して信じて、大好きな銘柄の「マトンキーマカレー」をまとめ買いしたら、大騒動になったことがある。この銘柄は辛《から》さを唐辛子マークの数で表示しているのだが、マトンキーマカレーにはその表示が見当たらない、と買い物に同行してくれた人が言った。でも、前にも買ったことがあるのでまず大丈夫だろうと、私はかまわず購入を宣言し、悠々とリュックに詰めて帰宅した。

点字ラベルを貼ろうといつものようにスマホをかざしてみると、確かに「マトンキーマカレー」と読み上げた。よしよし、間違いないね、と頷いてさらにスキャンしていくうちに、全身の血の気が引いた。

「からさ、げきから」

……。

そんなあ。私の辛さ対応能力はマーク二つが限界なのだ。三つだと相当にハフハフしてようやっと食べられるレベル。激辛なんてとんでもない。食べたら絶対に気絶する！

しかし、ちょっと待った。あのとき「唐辛子マークはない」という話だったはず。なのに、なぜ「げきから」と読んだのだろうか。謎に包まれたまま、とりあえずマトンキーマカレーのパッケージをまとめて袋に入れ、「食べるな危険」と記憶して食卓の隅っこに置いた。後日母が訪ねてくる予定なので、そのときに見てもらおう。

その日がきて、母がきて、いよいよ検品。

「唐辛子マーク、見当たらないけど……」

やっぱり？　でも、確かにスマホが「げきから」と読んでいるんだけど……。謎がさらに深まった。母は拡大鏡を二つ重ねてしげしげ。

「やっぱり見当たらないみたい」

気の毒なマトンキーマカレーは、さらなる検品を待つべくまたも食卓の片隅に戻されたのだった。

数日後、諦められずにもう一度スキャンしてみると、新しいことが分かった。「からさ、あまい……からい……げきから」と読み上げたのだ。もしかしてこれは、辛さそのものを読んでいるのではなく、辛さレベルの基準を示す表示を全て読んでいるのではないか。そういえば以前、洗濯機の画面設定が読めるか試したとき、「選んでいる項目」は読めず、「選ぶべき表示」を全て読んだ。選択「できる」項目は読めるが、選択「された」項目は読めなかったわけだ。同じように、このカレーも項目を読んでいるのかも。

そこでスマホでパッケージの写真を写し、その画像を母に送ってみた。こうすれば大きく拡大できるし、文字も鮮明に見えるのではないかと思ったのだ。そして、作戦は見事に成功した。

「見えました。ものすごーく小さく、すみーーっこに書いてあります。辛さは真ん中、三つでした」

やったあ。これこれ。やっぱり「三辛」でしたあ。買うときには二辛までにしているが、マトンキーマだけは三辛でも食べられていたので問題はなさそう。

というわけで、行き場を失うかに見えたカレーたちは、無事点字ラベルを貼ってもらって「備蓄群」の仲間入りを果たしたのであった。ラベル張りの作業を終えて一息ついたとき、スマホの読み上げ活用は、「諦めずに別の発想を試す」というチャレンジ精神がものをいうのだとつくづく思った。

賞味期限や辛さといった情報は、必要不可欠な基本情報なのに、なぜだか表示場所が定まらず、ものによっては表示自体が小さかったり透明だったりして大変見づらいと聞く。私は食材の定期宅配を利用していて、配達員さんが毎回生鮮品以外の食品の賞味期限を全て読み上げてくださるのだが、彼もときおり「あれ、どこに書いてあるんだろう」とパッケージを矯《た》めつ眇《すが》めつしておられる。「厳選したスパイスをほどよく調味して」なんていう素敵な文章が読めるのも嬉しいが、それよりは賞味期限や辛さといった「命にかかわる」情報がはっきりと読めるほうが、実は大切なことなのではないだろうか。

企業のみなさんには、できれば賞味期限の表示場所をたとえば「開ける切り口の真下」などに統一し、大きく見つけやすい表示にしていただけたらとお願いしたい。シーンレスがスマホで読む可能性があるし、大きく表示されていれば高齢者や弱視者もすぐに見つけられ、安全に管理できるのではなかろうか。カレーの辛さも、マークとともに「三辛」などと文字で表示していただけたら、スマホにもはっきり認識でき、読み上げも意味不明にならずに済むだろう。

これからは、ビジュアルデザインだけでなく、様々な「読み方」を想定した書式を考えていただくことも大切になってくるかもしれない。できればシーンレス当事者や高齢者が実際に読めるかを検証していただけたら最高なのだけれど……。

それでもスマホは救世主

このようにまだ課題はあるものの、スマホはやはり、私の毎日に欠かせない「救世主」となっている。スキャンはその中でも突出した「マスト」の救世主である。

スキャン機能の面目躍如となるのはやはり、リアルタイムの読み上げだろう。私はワンセグのポータブルテレビを使っているのだが、電波状況によって受信できなくなることがある。そうなると、電源スイッチを入れてしばらく待っても無音になり、ちゃんと電源が入ったかどうかの判断もできず、途方にくれていた。適当にいろいろボタンを押してまぐれで受信できて点くこともあるが、それはまれで、ほとんどは誰かに見てもらって復活させるしかなかった。

それがスマホのおかげで、ほぼ毎回自力でこの難局を切り抜けられるようになった。無音になったときに画面の前でスマホを動かしてみると、「受信中」「受信できません」などとメッセージが出ているのを読めると分かったのだ。

電源が入っていないときには「防水ですが水に浸けないように」などと注意書きが表示されていて、同じ場所にスマホをかざした状態でオンになると表示が変わるので、画面が変わったと分かる。スマホが「受信中」としゃべったら少し待って、地デジボタンを押すといつもの放送が聞こえてくるといった具合である。選択「された」項目が読めないので、メニュー画面の中で「地デジ」が選べているかを確認できず、「地デジボタン」を押すしかないのはちょっと悔しいが、そうであっても電源が入っているかなど現在の状況が分かれば百人力である。

スクリーンリーダーと呼ばれるパソコンの画面読み上げソフトがしゃべらなくなったときにも、画面の前にスマホを構えて「読み上げて」というと、「ソフトウエア更新中、コンピューターの電源を切らないでください」などと読んでくれるので、まだ作業中と分かり安心して待てる。それまでは、「無言の行」に入ったパソコンを前にひたすらドキドキしながら発声を待つしかなかった。うまくカメラが合うと「クリーニング〇〇%完了」などと、数字の変化も読んでくれる。これができるとさらに自信を持って待てるというわけだ。

驚きはまだ続く。テレビ番組の放送中に出る字幕を、かなりの精度で読めることが分かったのだ。ある日、面白がってニュースを見ながら画面の前にスマホをかざして字幕を読ませていたら、速報を告げるチャイムが鳴った。すると、「台風〇〇号発生」としゃべるではないか。これはもしや……。と思った瞬間、スマホがニュースと同じ言葉を読み上げ始めた。やはり、速報が読めていたのだ。

普段ニュースに関わる仕事をしているため、速報のチャイムは自宅にいても気になる。けれど、一人でいるときには字幕が読めないので、チャイムが聞こえても何の速報なのか分からない。動いている大きなニュースがあるときにはネットですぐ確認するが、たいていはしばらくするとニュース番組で速報自体がニュースとして読まれるので、それまでじりじりしながら待つことになる。

しかしスマホで速報が読めるのなら、たとえばチャイムが鳴ってからせめて三〇秒くらいは表示しておいてくれれば、スマホをかざしてアプリを立ち上げ、読ませる時間がある。ほかの字幕の邪魔になるのなら、速報は画面上中央に表示するなどと場所を決めて出してくれたら、当たりを付けてスキャンできるので、私も気になる速報をすぐに見ることができる。速報があまりに速く流れて消えてしまうので全く読めないという声は、見える人からもよく聞く。せっかく速報を出すなら、この辺の工夫もお願いしたい。

そのうち、字幕付きで外国語のオペラや映画が放送されたとき、普通にスマホを画面の前において読み上げを聞きながら鑑賞できる日がくるかもしれない。長時間になるのでバッテリーに工夫がいるだろうが、これならシーンレスのために開発されたアプリを操作することなく気軽にテレビで外国語の作品を楽しめるだろう。そんなことができるような「字幕スキャン用スマホスタンド」などがあったら素敵だと思う。

スキャンができるようになるまで、私にとって画面とは何の意味も情報も持たない「平らなガラスか樹脂の面」に過ぎなかった。シームレスになる前にはテレビ画面を見ていたので、画面というものを記憶してはいるが、いつしかそれは、存在すらしない「面」の一つになってしまった。

だがスキャンができた日から、「画面はどうなっているんだろう」と思うようになった。読める情報がどんなに少なくても、とにかく画面の存在を再び意識し始めたのである。哲学的な変化とさえいえた。それまでは画面を「見てみよう」と思いさえしなかったのが、「見てみる」という新しい考えを持ったのだ。いまや画面は、ガラスでも樹脂でもない。直接見えなくても厳然と私のいる空間に存在する「情報源」となった。もちろん、スマホ自体の画面も含めて。

QRコードが読めることも、拍手喝采の革命になった。ある出版社から情報更新を求めるはがきが届いた。手書きで○を付けるだけの簡単なものだったが、私にはそれができない。あちこちスキャンしていると、「右下のQRコードからホームページにアクセスして入力いただけます」と読み上げた。

「っしゃあー」とばかりにQRコードリーダーを起動して「右下」辺りをソロソロとスキ

ャンすると、ピピッと音がしてホームページらしき文面の読み上げが始まった。あとは一行ずつたどるジェスチャーで内容を聞きながら項目にチェックを付けていけば良さそうだ。幸い、コンテンツも全文読んでいるもよう。

「っしゃあー」と二度目のガッツポーズとともに「送信」を「ダブルタップ」して、自力で回答完了。こんなこと、スマホがなければ絶対にできなかった。たとえスキャナーとパソコンのOCRソフトではがきの文章が読めたとしても、QRコードが読み込めなければ読んで終わりだ。回答は誰かにお願いして書いてもらうしかない。それが、スマホが掌にあるおかげで、私一人で、たった数分で回答を書き込めてしまった。コンテンツを聞いていくので画面を見るのと比べれば数倍の時間がかかるとしても、ヘルプをお願いするより何百倍も簡単である。「ありがとーーー」とスマホに叫んだ一コマであった。

言うまでもなく、スマホに「ありがとーーー」を言う場面はほかにいくらもあるが、何と言ってもスキャンのときが一番多い。何しろ、「掌の目」になってくれるのだから。

最近は、信号の色を識別するアプリや、シーンレスの単独歩行で最大の難関の一つである「入口の検出」をやってくれる機種もあるらしい。目的の建物の入口を見つけて知らせてくれるそうだ。財布が許せば毎年最新機種に変更したい。許されないからぎりぎりまで待って買うわけだが、それでも私は持ち運びできる範囲では上位機種を奮発する。少しぐらいほかのことを我慢しても、「掌の目」になってくれるスマホになら、投資の価値は充分あるからだ。

忘れてはならないのは、「掌の目」を私たちのために進化させてくださっている開発者のみなさんへの感謝だ。スマホの技術が進化するとともに、アプリ開発においても、デザインの段階でボイスオーバーでの使用を想定してくださる開発者も現れている。スマホの技術や使い手のスキルがどんなに進化しても、アプリがボイスオーバーで扱えないビジュアル仕様になっていれば、私たちには使うことができない。こうした方たちがシーンレスの「困り」に深く高度な理解を示してくださるからこそ、私たちの夢が実現しているのだ。

ボイスオーバーを全機種に搭載してくれたアップル創業者のスティーブ・ジョブズ氏と同じく、スマホの可能性を最大限に生かしてシーンレスが活用できる方法を次々と打ち出してくださる開発者の方たちに、心からお礼を申し上げたい。

第4章　自由に買う、自由に選ぶ

買い物弱者から買い物難民へ

私はいわゆる買い物弱者ではあったが、それがさらに「買い物難民」になる日がくるとは、夢にも思っていなかった。弱者のうちはある程度決まった方法で、少なくとも少しは問題を克服する方法があることが多い。しかし、駆け込む場所を失った「難民」になると、この一縷《いちる》の望みまでが絶たれてしまうことを知った。絶望のどん底という言葉は、こういうときのためにあるのだろう。

親元を離れるとき、最大の課題は買い物だった。シーンレスが買い物する場合、必ずサポートがいるからだ。通い慣れた店舗であれば、入口までは一人で行けるとしても、店内で品物を見つけたり選んだりすることはできない。弱視で、かつ文字が読める視力があればできるが、シーンレスの私が一人で買い物することは不可能である。中には慣れた店で決まった商品を自力で見つけて買う人もいるようだが、それはごく限られた商品のお話。点数の多い食品のまとめ買いといった、私が呼ぶところの「大買《おお》い物」では無理である。そのため、必ず誰かに付き添っていただくことになる。

店舗ではまず、同行者にカゴやカートを持っていただき、品物の情報を言葉で伝えていただくことからサポートが始まる。私がカゴを持つこともできるが、白杖とカゴを同時に持つと操作が難しく、商品や人にぶつける恐れがあるのでサポートの方にお願いしている。教えていただいた中で必要と判断した品物をお伝えし、そのパッケージを受け取って形を確認してから私自身がカゴに入れる。野菜など手に取って確認してもいいものは、同行者が選んだ品を触らせてもらって買うかどうかを決める。山積みの棚の場合は直接山を触って選ぶこともある。これは見えるみなさんと同じである。

その後、もう一度カゴの中身を触って買ったものを確認してから会計を済ませる。新型コロナウイルス禍前は、ここでレジの担当者に品物と値段を読み上げながらレジを打つ方法をお願いしていた。これで、買った品物の種類と数が間違いないかを確認し、支払う金額を暗算しておおよその見当をつけられるからだ。最後にパッキングの台への誘導と、レシートの読み上げを同行者にお願いする。品物と価格、店舗によっては利用しているプリペイドカードの残高とポイント、失効期限などを確認。レジでクーポンが発行されれば、その内容も読んでいただく。これで確認作業が全て終わり、パッキングして店を出る。多くは同行者がパッキングも手伝ってくださるが、この作業は、ポリ袋のロールやゴミ箱の位置を教わっておけば一人でできる。

幸い、最も利用しやすいスーパーには、お願いすると無料で、しかも予約なしでシーンレスを誘導し、買い物補助をしてくださるというありがたいサービスがあった。もちろん、大いに活用させてもらっていた。通勤の帰りに見えるみなさんと同じように気軽に立ち寄り、入口の点字付きインターホンかサービスカウンターで「すみません、誘導をお願いしたいのですが」と声をかけると、店員さんが出てきて対応してくださる。重ねて書くが本当にありがたいサービスで、ぜひ続けていただきたい。

ところが、コロナ禍で緊急事態宣言が発令されると、買い物環境は一変した。誘導サービスはありがたいことに中止にならなかったのだが、気軽に利用とはいかなくなった。シーンレスの誘導には、腕を組んで会話で情報を伝えるという、ある種の「密」が必須だからだ。レジやパッキングでの読み上げも、飛沫が飛ぶ可能性があるので今後はできないと告げられた。

会社からは、普段共に過ごす人以外とはなるべく会わないようにとのお達しがきた。当時の日本の基準は国際的には緩やかで、外資の勤務先の通達はそれよりはるかに厳しい国際基準だったため、私もそれに従って同行支援の受け方を変えることになった。

当初は実家から郵便物の仕分けがてら顔を見に通ってくれていた母に買い物の同行もお願いし、週に二回だけスーパーに行く方法を取っていた。けれども、感染が拡大するにつれ、買い物の回数も人数も少なくして、といった雰囲気になり、支援はますます受けにくくなった。自治体で受けられる「同行援護サービス」でも、利用は買い物と必要最小限の用事に制限され、「場合によってはお断りします」と但し書きの付いたお知らせが届いた。しかし、買い物をしないわけにはいかない。バスできてくれる母を気遣いながらも「普段一緒にいない」同行者の助けを受けることができず、命綱は母一人となった。

買い物の苦労を思ってくれる方からはよく、私は家にいて、誰かに頼んで買ってきてもらっては、という助言をいただく。しかし、現実には人に頼むことは煩雑で、むしろ苦労が増えてしまう。まず、頼める量には限界がある。実用性からいってもお願いできるのは数点までだ。それも、たまに買ってきてもらうくらいがせいぜいである。日常の買い物となると点数が多くなるし、たとえばお願いしたものが売り切れていたらどうするかといった問題があるので事が複雑になる。

さらに、「取り間違い」というヒューマンエラーが一定の確率で起きる。この場合、お願いしたものではなかったと私が気付けるのは、品物を開封して食べたときとなることが多い。アレルギーがあれば、取り間違いの食品を食べて命に関わる事態が起きることだってあるだろう。

そういうわけで、パッケージの文字を読んで自力で品物を確認できないシーンレスにとって、人に買い物をお任せするのは一定の危険すら伴う難しいことなのだ。だからこそ、プロのガイドヘルパーさんと一緒に出かけられる同行援護を利用した買い物は、緊急事態宣言下でも権利として認めていただけていたのである。

とはいえ、介助や介護が必要な人たちは、社会的距離《ソーシャルディスタンス》が最優先される中で行き場を失っていった。私もその一人で、ただでさえ困難の多かった買い物が一段としにくくなり、行けるお店も限られ、気付いたら「弱者」から「難民」になっていたのだった。大げさな表現ではない。命の綱は母一人。その母に何かあれば、私は友達にもヘルパーさんにも会えないまま孤立してしまう危険が現実にあったのである。

では、以前使っていた通販を使ってはどうかと思い、久々にアクセスしてみた。コンビニ受け取りの通販サイトだが、ある大手のネットスーパーと統合されてからシーンレス用の画面読み上げ機能（スクリーンリーダー）に対応しなくなり、操作不能になった。その時点で利用を諦め、長らくアクセスしていなかった。

しばらくぶりにちょっぴり期待して入ってみたが、状況はあまり変わっていなかった。さらに、ネットスーパーに入るにはセキュリティのため画像認証でパズルなどを入力しないといけなくなっていた。画像を見ることができないシーンレスは、この認証がクリアできないためログイン自体ができなくなる。いまこの問題が随所で発生し、深刻な影響が出てきている。このネットスーパーについても、利用を完全に断念した。

ほかのネット販売はどうかと手当たり次第に当たってみたが、いずれも似たり寄ったりだった。通販ではないが、シーンレスが利用できるよう画像認証を外すといった対応をしているサイトもあるので「こちらでもそのようにお願いできませんか」と問い合わせてみると、「申し訳ありません」と断られるのはまだいいほうで、メールへの返信すらこないところもあった。電話で問い合わせれば「検討します」と言ったままになるか、そうでなければ一〇〇%が丁重なお断りだった。行き慣れたスーパーにもネットスーパーがあり、しかも品物はこの店舗から持ってくると分かったので早速登録したが、やはり画像認証でログインを阻まれた。カスタマーセンターに利用頻度の高い慣れた店であることを含めて状況を伝え、画像認証について対応していただけないものかとお願いしてみたが、セキュリティ上できないとの説明とともに、「店頭にきていただければログインだけはやってあげますが」と言われた。というか、店頭に行けるならネットスーパーは使わないんだけど……。

そこでこの窮地を通い慣れたスーパーの店長さんにお話ししたら、直々に聞いてくださり、「事例として本社に報告します。ネットのほうはすぐには対応できかねますが、店舗としてはサポートします。お母様が来られないなどのときにはいつでもお電話ください」と言ってくださった。結局、お言葉に甘えることなく済んだのだが、この一言がどれほどの希望になったかは言うまでもない。中学だったか高校だったかの国語の教科書にあった「一切れのパン」という話よろしく、ポケットの中のパンとして、店長さんの一言は緊急事態宣言下で私の心に灯をともし続けてくれた。

とはいえ、一縷の望みを託していたネットスーパーからも次々と門戸を閉ざされ、ますますもって「買い物難民」度が高まった。買い物を代行できる家族と同居している人たちは、私よりはましな環境だったかもしれない。だが思い出してほしい。当時は健常者でも買い物には不自由していたはずだ。

それに、ハンディキャップがあるから家族が何でもしてくれるものだと考えるのは、家族に対して失礼になってしまうと私は思う。家族は大きな助けとなってくれる存在ではあるが、私たちを助けるためにいるわけではない。感謝しつつ甘えてしまうことが多いとしても、生活はできるだけ自立すべきと私は考える。実際そのように行動している人が多いのではないかと思う。私自身も、友達や家族にたくさん助けてもらいながらも、助けてもらうために付き合うといった生き方はしていない。健全で豊かな人間関係の中で生きるためにも、また本来友情が先にあるべきなのに「生きるために友達を作る」という本末転倒にならないためにも、私は本当に必要な助けについてはできるだけ制度やサービスを利用すべきだと思っている。

ただ福祉制度を利用するにも、利用の制限や経済的な負担が大きいという問題がある。たとえば同行援護の場合、日中に一時間ヘルパーさんをお願いすると、自治体や時間帯にもよるが、だいたい五〇〇円前後の料金がかかる。一時間を過ぎると時間制で課金され、時間帯によっては割増しとなる。夜間ともなれば一回で数千円の出費も珍しくない。一週間分のまとめ買いをするための支援を一回二〜三時間とすると、時間帯にもよるが、多ければそれだけで毎週千円前後、一ヵ月を四週間とすると毎月四千円前後の固定出費が発生することになる。しかも、三時間はかからないにせよ、買い物は週一回で済まないことも多いわけで……と考えると、いや、あまり考えたくないかも。

子育てならお金がかかる時期はある程度限られているともいえる。子どもが就職したり自立したりできれば保護者の負担は減らせる可能性が充分にある。しかしハンディキャップを補うための生活支援利用料は、どうがんばっても一生なくならない。増えることはあっても、減ることはまずないだろう。

同行援護には制限も多く、時間があるときにちょっと、という利用が難しい。私は平日フルタイムで会社に勤務し、そのほかにエッセイストとして執筆や講演などの活動をしているため、買い物しようと思ってもその日に突然仕事が入ることが少なくない。ガイドヘルパーの利用には数日前の予約が必要なので、私のような状況で気軽に利用するのは大変難しくなってしまう。実際、帰宅する時間に予約していたら、電車が止まって指定の時間に帰れなくなったこともある。日常の買い物もなかなか一筋縄ではいかないのだ。

と、一瞬ぼやいてしまったが、こういう制度を整えていただけていることはありがたいと思っている。

地元の情報に詳しいヘルパーさんとスイーツフェスに行ったときには、あの店のこれがお薦めとか、これは安いから買っておくといいなどという情報をもらえてワクワクした。あれこれ買い込んで、リュックをクッキーやオリーブペーストやらでいっぱいにして帰ってきた。そんな楽しいこともたくさんあるのだ。

希望の光

そうこうしながら色々なことが毎日動いていったが、買い物問題はなかなか解決に向かわなかった。しかしある日、シーンレスが集うメーリングリストで、スマホで使えるネットスーパーはあるかという話になった。私が試したのと同じ通販&ネットスーパーを試みたが断念したという声が複数あった。「前は使えていたのに、アプリやページデザインの更新で全く読み上げなくなったので退会した」と訴える投稿もあった。みなさんも、人の助けを借りながらどうにかしのいでおられる状況だと分かった。

そんな中、「○社さんは、スクリーンリーダー使用者に特化したサイトやカタログのメール配信サービスを行なってくれてます。私たちはこれを使って助かっています」といった内容の投稿が出てきた。すると、「うちもです」との返信。全国の○社系列で素晴らしいサービスをしてくれていることが分かってきた。地域によっては、専用の携帯電話を貸し出しているところまであるというではないか。「夫がコロナになったときも、○社の配達員さんに大変助けてもらいました」という人もいた。

○社さん？　私も利用できるんだろうか……。

そこで早速検索し、問い合わせのフリーダイヤルに連絡を取った。

「はい、お客様の地域は配達可能です。というか、同じマンションにたくさんおられますよ」

え、ほんとに？？　嬉しくなってすぐに登録手続きをお願いした。ネット利用もカタログのメール配信も無事手続きが終わり、いよいよ配達となった。最初はまだ配信が間に合わないということで、母に紙のカタログからめぼしいものをいくつか選んで注文シートに記入してもらい、まずは「お試し買い」から始めた。

「これで全部、一人でできるといいね」

胸を弾ませる私に母は言った。

「そうね、でもそんなにがんばらなくていいから。私がこられるうちは心配しないで買い物に行けるんだし、あなたは仕事に集中していいのよ」

本当に、母はありがたしである。

注文にはパソコンまたはスマホからサイトにアクセスする方法と、スマホの専用アプリを使う方法がある。アプリはボイスオーバーで操作できないところがあるため、スマホでサイトに直接アクセスしたり、パソコンから注文したりする。アプリとサイトを組み合わせる使い方には工夫がいるものの、とにかく、品物を見る、選ぶ、注文する、「お気に入り」や「自動注文」、「毎週注文」などの便利機能が使えるので、一番大変な買い物作業がスマホ一つでできるようになった。慣れないうちは時間がかかったが、「お気に入り」

が充実し、商品が出たときに自動的に注文してくれる「自動注文」機能で登録を増やしていくうちに選ぶ手間がどんどん減っていき、新しいものを見る余裕が出てきた。何よりも、全ての商品を自分だけの力で「見渡す」とともに、産地から栄養成分、添加物、買った人たちのコメントまで全ての情報を確認し、納得と確信を持って注文できるようになった。同行者を探す心配もいらない。ヒューマンエラーが出るとすれば私自身のおっちょこちょいだけになる。ふと思い出したときに注文できるというネットの恩恵も、見える利用者と同じく喜ぶことができる。

こうして買い物は、母と私の「マスト」からはずれた。母がきたときは気晴らしを兼ねてでかけるのだが、買い物はいつものスーパーに立ち寄って気に入ったものをちょっこり買ってくる程度になった。二人でショッピングカート（いわゆるガラガラ）を引っ張りながらパンパンになったリュックを担いでスーパーから帰宅する代わりに、身軽に焼きたてパンのお店に行ったり、まったりお茶や散歩を楽しんだりできるようになった。私も嬉しかったが、高齢の母にとってそれがどんなに安心なことだったか、日が経つほどに実感するのだった。

食材宅配に出会った話を友人や同僚にしてみると、「うちも使ってるよ」「友達も使っているみたいですよ」と、驚くほどたくさんの「あの人やこの人」が利用していることが分かった。子育てや介護など私とは違った「買い物弱者事情」がある人もいれば、デザイナーとしてずっと家にいるが「仕事に集中するためにあえて宅配で買う」という人もいた。

私自身は弱者の選択として宅配を受けるようになったわけだが、宅配を選ぶ理由は「買いにいけないから」だけではないらしいと分かった。すると、急に気が楽になった。理由は何であれ、積極的に宅配での買い物が選ばれている。私の選択理由も、何も「大変だから、無理だから」だけでなくてもいいのだ。

情報を得たうえで買えるだけでなく、この宅配の食材は素晴らしい品質のものが多いことも分かった。スーパーに同じ製品があっても、添加物が少なかったり梱包がコンパクトだったりして、進んで宅配のものを選ぶようにもなった。肉や野菜も「特別栽培」や「有機認証」、平飼の卵など、意識の高いチョイスもできる。こうなれば、「好きだからこっち」という選び方になる。最初は困難の克服のためだったけれど、見方を変えれば積極的に選ばれている宅配を私も選び、新しいライフスタイルを手に入れられたともいえる。また、大変な事情があるから選んでいる人も、私だけでなくたくさんいた。そう気付けたことで、私は心身ともに「買い物難民」を卒業できたのだと思う。

「半分の選び」

スマホで注文している私の姿を見て、母が「昔の御用聞きね」と言った。

そういえば、私が小さいころは、毎日近所の食品店の方が訪ねてきてくれて、母が買いたいものを注文していた。これを「御用聞き」と呼んでいた。日中に訪ねてきて注文を聞き、夕食の支度に間に合う夕刻頃に届けてくれていた。ただ、私はこの「御用聞き」のことを全くおぼえていない。きていたことは知っていたし、おそらく出会ったこともあると思うのだが、おぼえているのはお菓子屋さんが御用聞きにきて、袋いっぱいの菓子類をドサッと届けてくれたことくらいである。宮沢賢治の童話『祭の晩』で、山男が窮地を救ってくれた少年の家に栗や薪を持ってきてドサッと置いていった場面を読んだとき、いつもガラガラ声で「麻由子ちゃん、元気かい」と声をかけてくれたおじさんが、お菓子でいっぱいの大袋をドサッと置いていってくれた音を思い出した。通販が全盛となる一つ前の時代、それも、現在と違い日中必ず家に誰かがいるのが大半という時代のことだ。日用品のどのくらいの割合が「御用聞き」でまかなわれていたかは分からないが、いわゆる高度成長期のサラリーマンだった父が家事をほとんど手伝えなかった中、遠距離通学や習い事、宿題と私の学びと暮らしを全力で助けてくれていた母にとって、訪問で買い物ができるこのシステムは大変助かったようだった。

一方で、学校の帰りに駅前の商店街を通りながら、八百屋や肉屋でいろいろ買ったことはおぼえている。何軒かの食品雑貨店が入る個人経営の小さなショッピングモールのような所もよく利用した。「御用聞き」は重宝したが、おそらく実店舗でも買わないと事が足りなかったのだろう。そのためか、私の買い物の記憶は主に実店舗のものである。

実店舗で買うと、品物を手に取って「美味しそう」とか「便利そう」などと手ごたえを感じながら選ぶことができる。ネットやカタログでの買い物では味わえない醍醐味だ。私を連れて買い物に行くと、母は「これはキュウリ、触るとちょっと痛いくらいのほうが新鮮なのよ」とか、「これは牛肉のステーキ、厚みがあるでしょう」などと、差し支えない範囲で品物を触らせながら、「どれがいいと思う?」と、手で触って食品を「選ぶ」ノウハウを教えてくれた。勉強や習い事に加え、近所の悪童たちとの遊びにも忙しかった私は父に負けないくらい家事を手伝わなかったため、買い物のときの「選び」の面白さや大切さをあまり意識せず、言われるままに「これかな」などと適当によさげなものを示していた。

小学校高学年ごろに家庭科の授業が始まっても、料理はもとより野菜や肉の知識にはちっとも興味が持てなかった。高校時代に米国留学したときも、最初は家庭科が一番苦手だった。英語の会話が学べるからと勧められて取ってはみたものの、キロをポンドに直したりリットルとオンスの違いにあたふたしたりしながらようやっとレシピをおぼえ、なんだか分からないがとりあえず言われた通りに食材を切ったり並べたりしてオーブンに入れてみる。幸い、アメリカの家庭料理はこれだけできれば何とか様になるものが多く、留学生というハンディも手伝って先生には優しくしていただけていた。

実はこの家庭科の授業で、私は人生で初めて真剣に食材を選んだと思う。

「あなたが家庭を切り盛りする立場だと思って、家族に食べさせるために金額を計算し、お店に行って食材を買ってきて、それから教室で作りましょう」

料理の手順に慣れた頃、先生がこんな課外授業を計画した。いま思うと、科目の名前は

「ホームエコノミクス（ホームエック）」、訳せば「家庭経済学」だった。日本の「家庭科」に似て非なるもので、料理だけでなく家計についてもがっつり仕込まれた。

まず買い物のために必要な金額を、材料の相場を聞きながら一つずつ書きだした。この料理には何がどのくらいいるのかをレシピから割り出し、自分で「買いたいもの」「買うべきもの」「いまは買わなくてもいいもの」を選別し、当日買うものをリストアップして提出した。日本では教室に行けば全て材料が並んでいて、私たちはそこから必要なものを選べば料理ができた。ホームエックでも最初はそうだったが、「食料棚」から自分で定量を取り出す、取り出したら残りの食材をきちんと保存するといった具合に作業が増え、最後に「買い物から全て自分で」となったわけだ。

もちろん、当時の買い物なので実店舗だ。もう一人のクラスメイトと先生の車に乗せてもらって、大きなショッピングモールの食品コーナーに行った。日本の倍くらい大きなかぼちゃやらナスやらが並んでいたり、現代になってはやりだした大量買い向けのでっかいパックに入った肉の塊があったり。スケールに圧倒されながらあれこれ選んで作った料理は、確か「シェパーズパイ」、思えばなぜかイギリスの料理だった。

そんな思い出とともに大人になった私だが、いざ自立してみると、実店舗で人の助けを借りながら日常の食品を選ぶのは、こんなに大変で、効率が悪いのかとあらためて驚いた。

まず、店に何があるかを知りたい。日常的に買いたいものはだいたい決まっている人が多いと思うが、最初から決めたものだけを買えばいいときばかりではない。毎日の食事だから、季節のものや特売品があれば買いたいし、目先の変わったものだってほしい。見えていれば店内を見回すだけでかなりの情報が得られるが、私の場合は一つずつ情報を言葉にしてもらうため会話が煩雑になり、慣れた店でもこの「プラスアルファ」の情報を得るのが難しい。いつも買っているものと私の好きなものを熟知している母と行っていても、後で「なあんだ、それ、早く言ってよお」ということが頻発する。ましてや初対面の店員さんやヘルパーさんに母並みの阿吽《あうん》の呼吸を求めるのは無理である。

そこで、まず決まった買い物をサポートしていただきながら、「目に入ったものを片っ端から教えてください。広告の品とか旬のものがあればぜひ」とお願いする。みなさんプロなので上手に教えてくださるが、プロの技術は万人に通用する方法なので、母ならこれを教えてくれただろうなというものを後で発見したりすると、やっぱり慣れた人と行きたいなあ、とわがままな気持ちが生まれてしまう。それでも、とにかく店で何かを選んで買えることに深く感謝しながら、重たいリュックに肩をへこまされつつ帰宅するのであった。

実店舗での「手ごたえ」によって、私は人の手を借りながらも買い物ができることで「選べている」と思っていた。もちろん、必要最小限の選びはできていたので、この感覚に間違いはない。

だがしかし、スマホを手にして全ての商品を自分一人で選ぶようになってみて、実店舗での選びは「半分」だったということに気付いたのである。

本当の選び

スマホとパソコンで大半の日常の買い物をするようになって少しした頃、私の心に新たな変化が訪れた。最初は「今度こそ本当に買い物を自力でできるようになった」との喜びだけだったのだが、回を重ねるうちに、「私は選んでいる」という充実感に包まれるようになった。

一日の活動を終えて夕食のテーブルを整え、「いただきます」と声に出したある日、「この食事の材料は、全部私が一人で選んで受け取って、作ったものなんだ」とあらためて気が付いた。人の目を借りず、誘導も受けず、私が自分で商品を見つけ、情報を確認し、評判を見て買うことを選んだ。そして配達員さんに間違いなく手渡していただき、正しく仕分けし、必要な食材を正確に選んで調理できた。目の見える人が普通にやっているのと同じように、自由に、気軽に、普通に。

誘導の助けも説明も、不可欠なありがたいものだ。だが「選び」という点から見ると、それは人の目というフィルターを通して得た情報から私がさらに選んでいることになる。スマホでの買い物を経験する前は、それで充分選んでいると思っていた。もちろん、実際にそれで充分選べてはいる。「半分の選び」であっても、サポートしていただくことによって少なくとも「あてがいぶち」でなく自分で選択はしていたし、日常生活では満足できるレベルの選びも叶えられていた。

だが、スマホを通して自力で自在に選べる経験をしてみると、それまでとは桁違いに視野が広がることが分かった。日々の暮らしに直結する食材や日用品を選ぶには、情報が多く得られればそれだけ気を配ることも増える。たとえば、私はそれまで、添加物を細かく読み上げてもらうのが難しかったため冷凍やレトルトの食品には極力手を出さないようにしていた。職場の先輩に教えられて「買ってはいけない」ものを列挙した本を読んだりしたものだから、添加物への恐怖はいやまし、練り物とベーコンやハムは絶対に買わない！！　などと心に誓ってさえいた。

ところが、スマホを駆使して冷食やレトルト製品の添加物を見ることができるようになると、こうした厳しい本にも安全と書いてある添加物だけが入っているものが思いの外たくさん見つかった。もちろん、できるだけ加工品を避けるべきというのは健康志向の鉄則ではあるのだが、そうはいっても多忙な日々にあってはこうした簡単な食品の助けを借りないわけにはいかないのも現実である。コロナ禍で在宅勤務になると、三食全てを自宅で整えることになり、多くの人と同じく私も「飽きずに健康に」をどうやって保てばいいのか、ずいぶん悩んだものだった。世の中で冷食が大流行したのもむべなるかなである。

結局、「極力手作り、極力自然」をかなりがんばって実践している私も、添加物を選びながら少しずつ冷食やレトルトを買うようになった。実店舗でここまで読んでもらって選ぶには、冷凍庫の前を何分も占領しかねないことになり、とうていお願いできない。第一、ほかのお客さんにも迷惑である。そうしたこともあって、実店舗で冷食やレトルトをしっかり選ぶことは、読み上げを必要とするシーンレスには事実上無理なのである。スーパーでどうしてもこうしたものを買う必要に迫られたときは、添加物は「あっても仕方ない、たまにだから」と覚悟を決め、読み上げは最小限にしてもらって購入している。

スマホはこの問題をあっさり解決してくれた。おかげで、冷食やレトルトを自信を持って選び、ほかの食材と組み合わせたりちょい足ししたりして活用している。在宅勤務の午後一番に会議がある日なども、「これ買っておいて良かったあ」と思いながら様々なおいしいものを選んでランチを楽しめるようになった。自分で作るとマンネリ化しがちなメニューも、こうしたものを活用するとバラエティーが生まれ、自宅でも「今日はどれにしようかな」と楽しく選ぶ幸せが味わえる。

料理は手作りすべきとの考えの方には叱られるかもしれないが、全ての材料入手と味付けを自宅ですることができない以上、現代においてはこうした食品を活用することは、手抜きというよりは豊かさにつながる選択といえる面もあるように思う。少し前に、ポテトサラダを惣菜コーナーで買っていた母親に「手作りして子どもに食べさせろ」と言った年配男性の発言が物議をかもしたことがあるが、冷食やレトルト食品は、作るのが大変だから手抜きをするという発想だけで選ばれるのではないだろう。遠くまで食べにいけなくても、家で作れないものを自宅で楽しめるから選ぶこともあるし、このブランドのこの味が食べたいから、と選ぶこともある。私には、レトルトカレーはここ、冷食はここ、といった具合に「お気に入り」があり、それらは時短だからではなく食べたいからという動機で選んでいる。もちろん、自分でカレーを煮込むことだってある。生鮮食品も、冷食を選ぶのと同じ細かさで、栽培から生産プロセス、飼料へのこだわりや農薬の使用状況までしっかり調べて買っている。

電子レンジ調理も、いまは手抜きというより調理法の一つと考えるほうが現状に合っている気がする。様々な調理法が研究され、水蒸気や圧力を生かした調理器具もたくさんあるので、レンジ調理でも充分美味しく作ることができるからだ。冷凍惣菜をレンジで調理する場合も、私はそうした調理器具を使ってかなり美味しく食べられている。

ただ、個人的な好みだが、いまのところ、冷蔵の惣菜は買っていない。一つには保存料が入っていて味が平たいため。ほかにも、冷食やレトルトのほうが日持ちするとか、コンパクトに収納できるといった理由がある。「買わない」こともまた、「本当の選び」の一つなのである。

ところで、スマホでの注文は買い物の自立とともに、もう一つ大きな変化をもたらした。この宅配に関してだけは、私が人に「頼んでもらう」のではなく、人のために「頼んであげる」ことができるようになったのだ。買い物といえば助けてもらうばかりだった私が、母が好きなサバの冷食や父のおやつのおはぎなど、見繕って買ってあげられるようになったのだ。

さらに、何かで助けてくれた友達にプチお礼をするなど、ちょっとした「気持ち」をあげたいとき、ここでしか買えない人気商品のジャムを注文しておいて会ったときに渡すなどという「技」もできてしまう。それまでは出かけたついでにショッピングモールで見繕わないといけなかったため、気軽に手土産を選ぶのが難しかった。

「あのジャム、とってもおいしかった。どうもありがとう」

初めてジャムをあげた友人に言われたときの嬉しさと誇らしさは、初めてのお使いから胸を張って帰った子どものそれにも負けなかったと思う。大人なので「一人で買えて偉かったね」なんては言わないけれど、この友達は買い物で苦労している私を励まし、できるときには助けてくれていたので、私が「買えた」ことも喜んでくれただろう。だからこそ、あんなに嬉しそうにお礼を言ってくれたのだと思う。

このように、自分で選べる、買える、品物を受け取れるということは私の生活を激変させるきっかけになったわけだが、実はそれよりも大きかったのが、精神的なゆとりと自信を得たことだった。掌の中で少し熱を持ちながら早口で一所懸命読み上げてくれる小さな存在のおかげで、私は「本当に選ぶ」という尊厳を取り戻し、安心して暮らすゆとりを得、そして「人のために買う」という社会的な尊厳まで授かった。スマホを持っても、ほんの数年前まで想像もしていなかった、存在の根本にかかわる尊厳を。

第5章　心に生まれた灯

通知音は天の声？

「ポロロロローン、間もなく弱い雨が降り出します」

スマホにちょっぴり湿り気を帯びた曲風の通知音が鳴り、ボイスオーバーが表示された文字を読み上げる。これは、指定した地点の雨予報を通知してくれるアプリ。スマホデビューのきっかけをくれた旧友に教わったものである。最初は「間もなく」があとどのくらいの時間なのかが分からず、十分後くらいには降り出すと思って重装備で出かけ、空振りしたりしていたが、やがてこのアプリの場合は三十分ほど後の予報なのだと分かったので、あまり慌てず傘やレインウエアを決められるようになった。

引っ越し前、同じくマンションの高層階に住む上司が、メールボックスに折り畳みの傘を入れておくと出がけに降られても部屋まで戻らずに済むので楽よ、と教えてくれた。その通りにしてみると、なるほど、便利である。

必ず降ると分かっていれば出発のときに準備して鞄に雨具を入れておき、メールボックスの傘には触らない。これで帰宅して雨具を部屋に持って帰った後に、メールボックスに戻す必要がなくなる。反対に、外に出て「えっ、降るなんて聞いてないよお」ということになったら、チョロッと戻ってメールボックスの傘を取り出せばいい。ぎりぎりの時間に飛び出したときなどは、この数分の差で遅刻を免れられるわけだ。天気予報では午後から降ると言っていても「間もなく」と雨アプリが「天からのメッセージ」を知らせてくれたときには、雨具をすぐに取り出せるように準備して出かける。通知がなければ一応持っていく態勢。通知がなくても降っていたらメールボックスから傘を出す。この三段階でたいていの雨対策は打てる。私は通知音が鳴る設定にしているので、鞄の中で雨の通知音が健気に鳴ればすぐに態勢を取ることができる。

雨具の始末は誰にとっても大変なものだが、私は右手に白杖、左手に「探索君」の愛称で呼んでいる超音波歩行補助具と常時両手が塞がっているので、雨具の扱いは一段と複雑になる。帰宅した後も、エントランスで濡れた傘やポンチョを拭いてポリ袋に仕舞い、「探索君」もはずして杖だけ持って帰れるようにするには、少しばかり時間と手間がかかる。だからできれば、少々濡れても雨具なしで一日を終えたい。特に夕刻、降るかもしれないと言われつつ最寄り駅に向かっているところに「間もなく」と通知がくれば、買い物は諦めてダッシュで直帰、といった風に、雨予報は大いに助けになるのだ。もちろん、ダッシュといってもシーンレスなりの慎重なダッシュなので、あまりスピードが出せないのがやや悔しいのだが。

このアプリでプッシュ通知のありがたみを知ったその日から、スマホは手放せない道中の友となった。

次に威力を発揮し始めたのは、鉄道情報のアプリだった。通勤や待ち合わせなど、到着時間に間に合わせなければならないときは特に、運休や事故の情報がプッシュ通知で入ると、すぐにルートを変更したり、先方に連絡したりできる。

ある日の夕方、仕事を終えてオフィスを出ようとした瞬間に、事故で電車が止まったとの通知がきた。

「すみません、電車が止まったみたいなので動くまでここにいてもいいですか」

「もちろん、早く分かって良かったね」

上司や同僚の温かい言葉に甘えて二時間ほど「自習」しながらデスクに滞在したが、まだまだ電車は動かない。そこでいつもランチを食べにいくお店で夕飯を食べた。ランチと同じ名前のメニューが、夕食になったら二千円ほど高かったのにはびっくり仰天したが、店員さんに気付かれないように静かに驚いてから注文した。財布は多少痛むとしても、駅に行ってしまってから混雑にもまれて途方にくれたり、忙しい駅員さんに誘導をお願いして断られたり、数十分待つように言われたりといった思いをするよりは、はるかにまし。いや、むしろありがたいくらいである。デスクに戻るとようやく電車が動き始めたとの通知がきて、めでたく安全に家路についたのだった。

さらに鉄道アプリによって、お出かけの様相が大きく変わった。時刻表が手軽に読めない私は、スマホを手にする前はパソコンからしか時刻表をチェックできなかった。もちろん、以前に比べればはるかに便利ではある。パソコン以前や、パソコンを手にしてからも読み上げ技術などの関係でネットがうまく読めなかった時代には、前もって駅の事務室に立ち寄って駅員さんに時刻表を教えていただいていたのだから。だが、急に出かけることになったときにわざわざパソコンを開かないと時刻表が見られないのは、駅で簡単に見られる人に比べれば不便だった。

それが、スマホを手にしたとたん、出かける前日、隙間時間にちょっこりアプリを開けば、経路から時刻表、到着や出発時間に合わせたルート検索まで自由自在にできるようになった。こうして翌朝の計画がばっちり立てられる。いざとなれば駅で見ることだってできる。何よりも、出かける少し前に運行情報をチェックして臨機応変に対策が取れるので、大丈夫と分かればかなり「普通の」時間感覚で出発できるようになった。

「普通の時間感覚って?」と思われたかもしれない。時刻表や運行情報が読めなかったころは、突発的な何かが起きたときのことを考えて、本来の到着時間よりうんざりするほど余裕をもって出かけていた。まず、見える人よりゆっくり歩かないと危険が避けられないため、歩行の時間を多めにみなければならない。何かの拍子に方向感覚を失って迷う可能性もあるので、そんな時間もみてどんどん出発が早くなっていく。社会人のたしなみとして待ち合わせより一五~三〇分前に到着するには、出発は最低でも一時間早くなる。しかし、見える人なら一時間みればいいときでも、私は二時間以上余裕をみるしかなかった。相手を待たせてはいけないと親から厳しく教えられて育ったこともあり、ちょっとした外出でもいつも大事《おおごと》になっていた。

それが、スマホアプリで運行情報が読めるようになったことで、少なくとも出かける前に何も起きていなければ、非常事態を想定してみていた余裕の三〇分が必要なくなった。

さらに、電車の時刻がはっきり分かるのでその時間に間に合うように駅に着けばよくなり、迷う時間とゆっくり歩行の時間をみても、移動に困難がない人より三〇分くらい多くみれば済むようになった。これだけでも、出かけるハードルは大きく下がった。

ナビアプリやマップも素晴らしいが、電車利用が欠かせない東京のお出かけには、なんといっても鉄道と天気の情報はライフラインとなる。これがスマホ一つで一挙に読めるようになったのだ。歩行や移動に危険や困難が伴う私にとって、外出が難事業であることに変わりはない。だが、パソコンがない場所で自由にリアルタイムの情報を得ることができ、それを活用して行動できるようになったことで、外出への「決心」より「楽しみ」のほうが強くなってきた。万が一待ち合わせ場所が分からなくても、たとえば「ホームの後ろのほうに立っています」などと知らせれば探してもらえる。ガラケーと違い、スマホならLINEのように簡単な操作で文字を送信できるので、相手の状況を気にせず連絡できる。イヤホンを使っても地下鉄のホームのように周りの音が大きいときには画面読み上げを聞きながら文字を打つのはなかなか骨が折れるので、そんなときには変換ミスを許してもらって音声で入力することもある。周囲の音が途切れた瞬間を狙って小声でイヤホンマイクに話しかけ、メッセージを作るのだ。

デジタルネイティブ世代の待ち合わせでは、事前に落ち合う場所を細かく打ち合わせるのでなく、近くに到着してから連絡し合って決めると聞いたことがある。まさに、私が指定の場所に行けなかったときに使う方法だ。その点でいえば、私も若者並みに「トレンディー」なのかも、って、これももう古いか。

「灯」のある暮らし

目の見える人なら、電気はたいてい「消し忘れ」ではないだろうか。私の場合、もちろんそれもあるが、もっと多いのが「電気の点《つ》け忘れ」である。全ての作業が手探りなので、暗いと困るということがないからだ。夜中に電気を点けずにトイレに行くのは普通だし、日没後に忙しく夕飯の支度をしているうちに真っ暗になっても気付かず、食事から洗い物までこなしてしまってから、ふと「あっ、電気」と慌ててスイッチを入れたりする。見える人が家にいれば黙っていても点灯してもらえるのでそんな事態にはならないのだが、一人でいるとチョイチョイ起きる。

ただし、困らないからといって真っ暗な中にいても平気というわけでもない。暗闇の中にいると何となく空気が重く、気分が落ち込んでくるからだ。一人で過ごす時間が多くなったとき、初めてそのことに気が付いた。

親元にいたころには真っ暗な自室で一人宿題をしていても平気で、母が「電気を点けなさいね」と言いにきたりしていた。そんな言葉から、夜は電気を点けるものという習慣が私にも身に付き、「シーンレスだから電気はいらない」とはならずに済んだ。いくら困らなくても、真っ暗な中でゴソゴソしている様子は我ながらいただけない。見えなくなっても光を忘れないようにと、母が躾けてくれたことに感謝である。

暗闇に気付いて電気を点けると、室内の空気がフワリと軽くなり、一瞬で気持ちが上向く。不思議なもので、光が見えていない私の脳にも何かが伝わってきて、「点いた」と実感できるのである。一人なので光がないと危険という防衛本能が強まったせいかとも思ったが、この感覚が目覚めてからは、人と一緒にいるときや、家以外の場所にいるときも働くようになったので、防衛本能というよりは、脳の視覚野が光にも再覚醒したと考えるほうが納得できた。

しかし、スイッチを一度押せば点灯、再度押せば消灯という単純な電灯でなく、いくつかの段階があるものでは、さすがにいま点いているのかいないのかを脳の直感で判断するのは無理だ。そこで登場するのが、シグナル音の高低で明るさを知らせる「光センサー」である。

この発想は前世紀から広がっていた。日本では「感光器」と呼ばれる光センサーが盲学校に常備してあり、これを使って理科の実験などをしていた。うろおぼえだが、確かペンに似た形だった気がする。ペン先に当たる部分が光センサーで、光の方向に向けると明度に応じてヒーーというようなシグナル音が出る。リード付きの笛のような電子音で、高いほど明るく、低いほど暗い。昔のことで記憶があいまいなのだが、真っ暗になると、ほとんど聞こえないくらいの低音か、または完全に無音になっていたように思う。

これを使うと、教室内の明るさはもちろん、たとえばビーカーの側面にセンサー部分を当てて薬品を反応させると、液体の透明度が変わるため明るさが変わり、電子音が変化する。高い音から急に低くなれば液体が濁ったと分かる。反対に高くなれば液体が透明になったということだ。明るい場所では難しいが、適度に暗い場所でものすごくうまくいくときには、パイロットランプが点いていることを確認できたりもした。この機械は盲学校には備わっていたが、高価なこともあり個人で持つことはまずあり得なかった。

ちょうど私が自立したころ、光を感じると「イッツ・ア・スモールワールド」の電子メロディーが流れるセンサーが、確か数千円ほどで点字図書館の用具部で売られていた。化粧用のファンデーションを入れるコンパクトくらいの大きさの平たい金属製の箱で、蝶番で取り付けられた蓋を開けると中の機械と電池がむき出しになり、明るければ音楽が流れ出す。音程が低いと明度が低いが、感光器よりずっとおおざっぱにしか光を感知できないので、「電気が点いたか消えたか」、あるいは「日が沈んだかまだ明るいか」といった判断しかできなかった。それでも、一人のときには助かるので早速買い求め、いまも大切な光センサーとして働いてくれている。なにしろ手作りの機械だったのでいつ壊れるかも分からないと思っていたら、「電気点け忘れおよび消したかどうか分からない問題」で悩んでいる世界中のシーンレスのために、「ライト・ディテクター」なる華やかな名前のスマホアプリが登場した。お値段、八〇円なり。早速インストール。

音は電波を思わせる電子音で、やはり高いと明るく、低いと暗い。暗闇では大変低い音が鳴り、無音にならないためアプリが起動していることが確認できる。スマホのカメラで光を見るので感光器のペン先ほどピンポイントで感知することはできないが、部屋を暗くすればパイロットランプの点灯はある程度捕まえられる。カメラを正確にランプに合わせるのが難しいので成功率は高くないが、「イッツ・ア・スモールワールド」のセンサーを取りにいかずともその場の明るさが分かるスマホアプリは、大いに助かった。

時が過ぎ、このアプリは役割を終えた。いまは「シーイングAI」にこの機能が搭載されている。設定しておけばSiriに話しかけるだけで明度シグナルの電子音が流れてくれる。部屋の状態はもちろん、私はソーラー電源のパイロットランプが点いているかどうかをときどきこれでチェックし、充電できているか確かめている。

ここまで技術が進んだのなら、「緑のランプが点灯」などと色を読み上げる機能が入ってくれると嬉しい。ランプの色で冷蔵庫やウォーターサーバーのエコモードなどが確認できるからだ。「赤ランプ点灯」「黄色ランプ点灯」などと読んでくれれば、こうしたモードも分かるだろう。

とはいえ、それを期待するにはちょっと早いのかもしれない。色認識アプリはいくつもあるが、光の加減で誤認識が多いらしく、どれも正解度はいまだにかなり低い。いろいろ試してみてはいるのだが、同じ服の色を緑といったり黒といったりと、信用するにはまだまだ危なっかしい。ランプの色も、同じ理由で識別はまだ難しいかもしれない。技術の進歩が待ち遠しい。

「日食」に触る

あるとき、世界で皆既日食が見られるという話題で持ちきりになった。私も天体ショーの話題が好きなのであれこれ記事を読んで楽しんでいたのだが、アメリカだったかの技術者がシーンレスのためにスマホで日食を体験できるアプリを開発してくれたと聞き、すぐにダウンロードしてみた。

日食の時間に合わせてアプリを起動すると、ポーーというような電波の音が始まる。画面の真ん中に太陽が円く映っているという。指を当てると、なるほど、画面中央に円形がある。それに触れると、触れた場所の明るさによって電波音が変わる。皆既日食状態になったときには、円形のどこに触れても一番暗いことを示す低音だけになった。しばらくすると、円周部分に触れると高音が出るようになってきた。円の内側に指を動かすと音が下がり、中心はまだ暗いと分かる。やがて真ん中の暗い部分がどんどん小さくなり、ついに太陽を示す円全体が高音域になった。こうして、私は生まれて初めて「日食に触った」のだった。本当に太陽に触ったら一瞬で「宇宙の一滴」になってしまいそうだが、スマホにならなら何度でも触れる。日食で暗くなり、再び光に満ちていく太陽が私の掌の中にあった。スマホを持っているだけなのに、なんだか太陽を持ったようで、気が大きくなった。「オー、ソレ・ミオ（私の太陽）」とイタリアオペラの一説が頭の中で流れ、ソレソレ、ソレ・ミオ、太陽よ、輝きが戻って良かったね、と太陽には全く届かない祝福を送った。

この方法なら、太陽系やアンドロメダ星雲の形も、こんなふうに音と触覚で感じられるかもしれない。そんなアプリが出てきたら、きっとダウンロードすると思う。

実際に、あるプラネタリウムで、惑星の動きを表す音をサラウンドスピーカーで回して表現し、シーンレスが周回軌道を耳から体感できる展示を体験した。ウォーン、ウワーンと、径の違う円を描いて惑星に見立てた何種類もの電子音が私の回りで大小の軌道を描いて動いていく。聞いていると、椅子にかけたまま無重力の宇宙空間でうっとりと浮遊しているような気がした。音で空間を作ると、ここまで身体感覚が呼び覚まされるのかと、感激した。日食アプリは、この発想が掌の中で実現したものともいえるだろう。すてきな感覚融合アプリを開発してくれた見ず知らずの科学者の方に、いまも感謝している。

ところで、このように音声で図形をイメージする発想は、後年に更新されたiPhoneのヘルスケアアプリで驚きの形になって再登場した。それは、一週間の歩数の推移を表すグラフを「音声グラフ」で再生する機能だった。日々の歩数が多ければ高音、少なければ低音というように、歩数に応じて高さの違う音が聞こえ、音程の移り変わりを耳でたどることで歩数の変遷をイメージできるのだ。表示されている棒グラフの天辺をその日の歩数としてある音程に置き換え、日々の変化として鳴らす。

たとえば、「ポ・ピ・パ・ポ・プ・ピ・パ」と、毎日の歩数を示すグラフの天辺を表す音の高さが大きく変わると、その週は日によってずいぶん歩数が違ったのだと分かる。低めの音程が続けば、今週の歩数は「低水準でほぼ横這い」だったのね、と冴えない経済指標みたいなことを考える。

日ごとの歩数は、画面の数字を読み上げで聞いて確かめる。運動しようと張り切って五〇段の階段を五往復したのに歩数も音程も前日とほとんど変わらなかったりすると、かなりしぼむ。もう少しで「大台」と分かると、スマホを持って家じゅううろうろして「大台」にしてみたり。なんだかなあ。でも、こういう「誰も見ていない」ときの努力が明日のシェープアップにつながるのだ。いや、見ている。スマホが。

この音声グラフの場合、日食アプリのように画面に触れると音が変わるといった融合表現ではないが、数字の推移を音程の差で表現する発想に近いものを感じる。音で光の強さを表現できたように、音と図形も融合し、表現できたのだった。さらにたくさんのアプリにこの発想が応用されたら、どれだけの図形や絵を「見る」ことができるのだろうか。

「普通」にできるって嬉しい

ガラケー時代からネット上で予約できていたかかりつけの耳鼻科がある。軽い花粉症や鼻づまりといった症状で、ときどきお世話になる。当時は、会社を出るころに予約を入れておき、到着したころに順番が回ってくるという大変ありがたい展開が自力で実現できたことに感動していた。

スマホを手にして数年したころ、再び予約が必要になったのでサイトにログインしてみた。すると、ネットで問診表が書けるようになっていた。事前に入力しておけば受付で一言「入力済み」と言えばいいという。

ボイスオーバーで使うにはかなりコツがいるため、最初は大いに苦労した。一番大変なのは、選択した項目にチェックマークが付いたかどうかを読み上げてくれないことだった。普通は「チェックマークが付きました」と読むのだが、おそらくスクリプトかデザインの関係でこれを読まないサイトが時折ある。またこういうサイトでは、選択した項目を「選択」などと普通は読む内容を読まないので、選択できたかどうかが判断できない。とりあえず、ダブルタップして選択するジェスチャーをしてから「確認」のページに進んでみる。これで選ばれたものが表示されていれば選択できたと判断する。ただでさえ不調で苦しいのに、このからくりが分かるまでに小一時間かかってしまったのはいまだに悔しいが、画面が見えないとはそうした細かいことが分からないということなのだ。

すったもんだの末この難関を突破すると、問診表は自由に記入できた。助かるのは、一度入れた基本データは保存されるので、次にログインしたときは現状だけ追加すればいいところ。これで入力がだいぶ楽になる。

しかし、私が何よりも喜んだのは、問診表という超プライベートなものの記入を、「人に頼らず」「ゆっくり時間をかけて」「自由な場所で」できるようになったことだった。それまでは、問診表は全て人に代筆してもらうしかなかった。家族に頼めるうちはいいが、これだけは親友でもヘルパーさんでも病院スタッフの方でも、できることなら知らせずに済ませたい。配偶者やパートナーでも、全てを知らせてもいいときばかりではないだろう。そういうプライバシーが、自分で記入できない人には全く護られないことになってしまうのだ。もちろん、大半は善意の方だし、仕事での支援なら守秘義務があるので秘密を保持してはもらえる。だがそれとは別の次元で、自分一人で処理できるならそうしたいアイテムの一つが、問診表ではないだろうか。

これができるのは、私の行動範囲内ではまだこの耳鼻科だけだが、予約システムとしては確立されたものなので、ほかの医療機関でも広く使われれば問診表問題はスマホで解決できることになる。願わくはこのシステムがしっかりとボイスオーバーに対応し、熟練や工夫なしで誰にでも簡単に使えるようになってくれればと思う。もちろん、耳鼻科にいかなくて済むのが一番ではあるのだが。

アプリを入れて登録を行うのはちょっと大変だが、公共料金の利用状況など大切な個人情報も、スマホを使って見ることができるようになった。このように、知りたい自分の機密情報だけでもスマホからアクセスできることは、便利どころか生活の根幹を大きく改善してくれる素晴らしい「革命」である。画面が見える人にとっての「便利」は、画面が読めないシーンレスにとってはときとして「革命」になるのである。

自分の利用状況が分かるようになった当初は、見られると分かっていても何度もアプリを開き、「うん、見られている」とほっとしていた。まるで地球がちゃんと回ってくれているかを確かめているかのように。

ビデオ通話は魔法の窓

ある春の日、愛媛のテレビ局から連絡がきた。

「新井満さんの追悼番組に出演していただけませんか」

新井満氏は、日本ペンクラブのトークイベントでご一緒くださり、私との合作で『この町で』という歌が生まれた。

原詩は「言葉の力」というイベントで優勝した短いフレーズで、それを満さんが歌詞として書き上げた。私は、満さんが読み上げてくださる歌詞を点字で書き写してから曲を付け、ピアノで伴奏を作った。満さんが歌いやすい旋律を探しながら二人で編曲を加え、最後に私がピアノパートを完成させた。これを、私の伴奏で満さんが歌い、松山市で行われた日本ペンクラブのイベントで「初演」した。

その後、満さんが編曲後の歌としてCDに録音されたほか、様々にアレンジされて何組もの有名アーティストがカバーしてくださっている。カラオケにも入っている。この曲ができたときのことを語ってほしいというのが、テレビ局からの依頼だった。

前年の冬、満さんは「千の風」になられた。追悼番組に出演できるなら、ぜひピアノを交えて語りたい。ホテルのホールで夜中まで二人きりで仕上げた歌が生まれたときのメロディーや会話を語れるのは、私しかいないのだから。

ただ、問題があった。当時はまだコロナ禍の最中で、テレビ出演にも多くの人がマスクを着けている状態だった。私自身も人との接触を極力避けていたし、会社の仕事は在宅勤務。出演は対面でとなると、万が一のことがあった場合会社に申し開きができない。

そこで、事情をお話しして「オンラインなら」と条件を伝えると、何とかやってみようということになった。撮影する側としては、スマホ撮影では画角が狭まるためテレビに耐えられないという懸念がかなり強く、一時は難しいかという空気にもなった。

ところが、私のスマホが最新だと分かったことで、一気に事態が進んだ。この機種なら映像として使えるというのである。買い換えたときには「ちょっとだけ良いものに」と念のため上位機種を選んだのだが、思えばそうしておいたからこそこの出演が叶ったわけで、天の配剤であった。聞けば、テレビの取材班も同じ機種で撮影しているのだそうな。上位といっても「プロ」シリーズではないのに、テレビ撮影に使えるとは、いまの技術は大したものだ。

撮影の日は、母にきてもらって愛媛とZoomをつなぎ、母にスマホを構えてもらってピアノで弾き語りをした。画角問題も乗り越え、無事収録が完了した。私にしか語れない満さんとの会話や、アレンジ前に生まれた貴重な最初のメロディーを、私の演奏で形に残せた。お世話になった方にこんな形で追悼のお礼ができたのも、スマホのおかげなのだった。

日々の暮らしの中でもビデオ通話は大きな力になってくれている。先に書いたように、ボランティアが登録するマッチングアプリを介して「見てほしいもの」を見てもらえるサービスもあるし、LINEやFaceTimeで身近な人に画像を見てもらえば、ちょっとした困りごとを見事に解決できる。同じマンションに住む友達に何かを見てもらうにしても、わざわざきてもらわなくてもビデオ通話で助けてもらうことができる。停電で床暖房の設定が変わってしまったときには、あれこれ調整してもらえて大変助かった。

服の合わせ方もビデオ通話で見てもらえる。講演前に母にLINEで服装を見せれば色合いや組み合わせを助言してもらえるので、より美しく（？？）組み合わせることができる。Zoomでの講演や対談のときは、直前に化粧や髪型をチェックしてもらえるので、自信を持って通信ができる。収録があるときには相手に直接お願いしてテスト撮影してもらいながら身だしなみを調整することもできる。色んな角度から活用すると、ビデオ通話は「魔法の窓」になってくれそうである。

対面にはオンラインにない力があることは確かだが、対面では無理なことがオンラインで実現できるのもまた事実。私を含め、移動に困難がある人にとっては特に、オンラインで仕事ができるようになったことで大きく世界が広がったと思う。コロナ禍中にはオンラインでできる仕事が存在したし、これがきっかけで、オンラインは普通の選択肢の一つになった。講演や出演の依頼があったとき、「現地に行くのが難しいからお断り」ではなく、「遠いのでオンラインで」と堂々と言えるようになったことは、ハンディキャップのある立場としては大変嬉しい尊厳の前進だ。

母校の仏文学会がオンラインや、オンラインと対面を組み合わせたハイブリッド形式になると、それまでなかなか出席できなかったのがZoomで家から聞くことができるようになった。何よりも、配布資料をチャットから聞きながら発表が聞けるのが嬉しかった。会場で紙の資料をもらってもその場では読めないので「聞いているだけ」だったし、後日点訳していただくところまでは手が回らないのがほとんどだったからだ。オンラインなら、資料をその場で読める。在学中、板書や資料を隣席の友達に小声で読み聞かせてもらっていたのが夢のようである。

Zoomはスマホの読み上げ音声が相手に聞こえない作りなので、講義を聞きながらチャット機能で質問したり「いいね」を打ったりすることもできる。私自身が大学の授業で講義するときも同じで、学生がチャットで話しかけてくることがある。それが読み上げられるとすぐに「あっ、ちょっと質問がきましたね」と反応すると、場が盛り上がる。対面だとどうしても、講義は話し手が一方的に聞かせる雰囲気になりがちだが、オンラインだと「聞く」形式と並行して双方向の文字通信ができる。交換できる情報量が格段に多くなるし、離れていてもリアルタイムの感覚を共有できる。質問の読み上げを聞きながらてきぱきと対応していると、ラジオのＤＪみたいでちょっと楽しい。オンラインならではの時間感覚ではないだろうか。

文字と音声と画像がファックス、電話、テレビと分かれていたころの通信と違い、現在のビデオ通話による通信は、こんなに大きな可能性を開いてくれたのである。

このように、ボイスオーバーへの対応をしっかり行なっていただいていることも含め、世界中のあらゆる利用者がZoomやLINEの恩恵を受けているわけだが、困り度が高い人にとってそれは恩恵にとどまらず、ハンディを乗り越えさせてくれる魔法であり、ライフラインなのである。

憧れの「ゲーム」

小さなことだが、私には絶対に無理な「憧れ」があった。それは、スーパーの折り込みチラシを見比べて「一〇円でも安い」ところに走って買い物をすることだった。我ながらせこい話を書いてしまったと思うが、憧れたのは私がけちだからではない。そうやって、買う店を自由に「選んで」みたかったのだ。

自立した後、その夢の一部を、同じマンションに住む友達がときどき叶えてくれるようになった。

「きょう駅前の〇〇スーパーでシイタケが安いってチラシがありました。よかったら買っていこうか」

そんなLINEを送ってくれることがあるのだ。少しでも安く買いたいというのは、もちろん節約志向が最大の要素だが、実はゲーム感覚もかなりあるのではないだろうか。安いものを見つけた、お得に買ったという達成感は思いの外充実している。そして、この自慢は、相当のレベルまでは嫌がられることが少なく、むしろ面白がられたり興味を持たれたりする。一〇円安いものを探して五〇メートル歩くなんて、せこすぎる、と言い合いながらも、小さなお宝を見つけた手柄感のような不思議な充実感が生まれ、共有されるのだろう。

シーンレスは広告チラシを手軽に読めないだけでなく、仮にスマホのスキャンで読めたとしても、普段歩いたことのない道に乗り出すのは冒険だ。予想外の危険もあるだろう。ある意味で命をリスクにさらすことにもなる。いくら楽しい安物買いゲームでも、命がけで一〇円安い未知のスーパーに行こうとは、少なくとも私は思わない。そうなると必然的に、広告チラシでスーパーを選ぶことは「夢」になってしまうわけだ。

その夢を、スマホが思わぬ形でちょっとだけ叶えてくれた。同行者と「ちょい足し買い」のためスーパーに行き、できれば買っておきたいと思っている品物を見つけたとき、スマホを取り出して宅配サイトで同じものを検索するのだ。量や値段はその時々で変わるが、まったく同じものが「こちらのほうが安い」と分かる。すると「ピロリロリーン」と心の中でヒットチャイムが鳴り、「これはここで買う」「これは宅配のほうで注文する」と選べるわけだ。価格にしたら数十円から数百円くらいの話だが、ゲームとしてはばっちリ成立する。

「あの商品、宅配だと○○円だったよ」

「えっ、本当？　ずいぶんお得に買えたね」

マンションの友達とは、チラシの代わりに情報そのものをはさんで、こんな安物買いトークをするようになった。

こうしてスマホによってリアルの生活が変わってきたことで、気が付くと私の心に大きな変化が生まれていた。

まず、スマホを使って「みんなが知ってる」レベルの情報を「みんなと同じスピードで、リアルタイムで」ゲットできるようになったおかげで、「聞き役」から「話し手の一人」に昇格できた。人から情報をひたすら受信し、より多くを聞き取ろうとするだけでなく、私自身も同じ土俵で情報を発信できるのだ。そうなると、生きるうえでの「自信」が違ってくる。私と同じ宅配を使っている人となら「あれ、おいしいよね、ほかでは買えないもんね」と話せるし、使っていない人には「こんなのもあるのよ」と情報を出すことができる。相手が「へえー」と言ったらしめたもの。心の中でガッツポーズである。

初対面の方と打ち解けようとするときにも、スマホトークは威力を発揮する。人見知りの私が、取材先や講演先で初めて出会う方と話すとき、スマホを持つ前にはご当地の話題や私の著書のことなどを相手が話題にしてくれ、それに応じる形で会話をつないでいた。気を遣ってもらっているのが丸わかりで恥ずかしいのだが、会話の糸口としてはこれが一番現実的だった。

それがスマホを持ったことで、私からも様々な話題を「振る」ことができるようになったのだ。相手が機械好きなら「iOSのバージョンアップ、もうやって大丈夫でしょうか」などと聞いてみたり、スマホに詳しい方ならアプリの操作など困っていることを教えていただいたりもする。ITレベルが同じくらいの方なら、「これ、難しいですよねえ」と困りごとを分かち合う。

画面を見ずにスマホを操作し、二倍速の早口で読み上げを聞いているところを見せるのは、宴会芸の一つにさえなる。若者向けの講演では、壇上で実際に操作しながら声を聞いてもらい、技術的な課題や助かっていることを話すと、私にもみんなの目の輝きが見えたと思えるほど楽しそうに聞いてくれる。講演先の学校で、学校案内をスキャンして読み上げさせたりすると、「おおー」とどよめきが起こったり。「どんなもんだい」と昭和なドヤ顔をポーカーで隠しつつ、いやいや、すごいのは私じゃなくてスマホなんだ、と自戒する。

スマホの困りごとを通じて連絡を取るようになった友達が増えたり、LINEによって在宅勤務同士でランチトークしたりと、対人関係もスマホなしの時代には考えられない広さとスピード感で展開している。移動困難者にとって、この展開はまさに革命的といえるだろう。同じ「助けを借りる」にしても、スマホを介してなら助ける側も簡単に連絡を取って画像を共有できるので、助けの幅も助けることのできる人の数もどんどん増やせる。スマホを扱うシーンレスにとって、いまやカメラや動画、写真を扱うことは、見える人と同じとはいかなくてもかなり近いところまで「普通」になってきている。それもまた、ガラケー時代にはあり得なかったことである。

私はゲーム感覚で時短料理を作るのが好きなのだが、その料理のレパートリーの広がり方も違っている。書店で人に読み上げてもらって選んだレシピ本を何カ月もかけて点訳していただき、それを大切に読みながら暗記して料理していたのはほんの一〇年と少し前。いまでは毎日のようにレシピ動画を再生し、作ってみたい材料を宅配で揃えて自由に作ってみることができる。言葉や音の情報が足りなくて分からないときには見える人にリンクを送って動画を見てもらい、「補習」をしてもらう。これでまた会話が弾んだり、しばらくぶりに話せたりして、一石二鳥となる。要するに、自信とコミュニケーションが大変革を遂げたのである。

こうなると、「見てみたい」と思うものが増える。見えなくてもどうにか暮らせるし、楽しめるので、実際に見られなくても困ることはないが、スマホの動画や文字情報を大量に受信するうちに、「これ、どんな色合いなんだろう」「あそこはどんな場所なんだろう」と、好奇心がむくむくと湧き上がるのだ。

私は小鳥の声を二百種前後おぼえており、それをヒントに自然観察し、季節の状態を聞き分ける楽しみを得た。それによって、人間という「種」として生きているという実感をもらい、「私にも生きる許可がある」と確信できた。この経験がきっかけで、エッセイストとして新たな道に進むこともできた。

一方で、自然界とは別の次元でスマホから流れてくる情報に接すると、映像の現場に行ってみたい、可愛いと人気の動物に触ってみたい、そして、どんな景色なのか、色なのかを「見てみたい」という気持ちも広がってくる。いままでにない心の在り方である。手紙時代の私がここにタイムスリップしていまの気持ちを知って生きることができていたら、私の青春はどんなふうになっていたのだろう、と思ったりする。

「見てみたい」は残念ながら、永遠に叶わない夢である。その点ではもちろん悔しいとは思う。けれど、見えていなくても、私には「シーン」をつかむ技術がある。小鳥たちが、シーンレスからシーンフルへと導いてくれたからだ。その技術を映像にも使いながら、悔しいだけでなく、映像の音から得られるものを心に刻んで楽しむこともできるようになっている。空間把握の技術は、映像にも充分応用できるのである。友達が出先で聞いた鳥の声を録音し、LINEで「これ何？」と訊いてくるとか、海外出張の合間に市場や路面電車の音を送ってくれるとか、見る以外の楽しみも確実にスマホが増やしてくれている。

見えないと困るものは、ビデオ通話で叶えることもできる。

「このピーマン、シワシワだけど色は変わっていないよね」と、うっかり冷蔵庫で数日過ごさせてしまったピーマンの写真をLINEして「ＯＫ」をもらったり、突然宅配便が届いたとき、配達員さんに聞いても「文字が小さくて」とか「漢字が分からなくて」ということで読めないと言われた細かい情報をスマホでスキャンしたりすれば、なんとかピンチを乗り切ることもできる。

ただ宅配については、配達員さんがおじいちゃんで老眼のため文字が読めない（本当にあった恐い話）など配達員さんが必ずしもしっかりこちらの質問に答えていただける状況にあるとは限らなかったりする。シーンレス全員が同じ意見ではないかもしれないが、私は、シーンレスに宅配で何か送るときには、事前にご一報いただけると大変ありがたいと思う。受け取って良いものなのか、テレビドラマの見過ぎかもしれないが触れても爆発しない保証はあるのかといった心配があるので、私は荷物を受け取るとき、ものすごく緊張するからだ。最近増えている「置き配」についても、玄関前で躓《つまず》いた謎の箱が自分宛なのか、はたまた怪しい何かなのかが区別できないので、私は極力避けている。贈り物はサプライズという思いもあるし、システムによっては到着日を指定できないものもあるので難しいかもしれないのだが、できれば送る方も配達する方も、私のように受け取りが苦手な人のことをお汲み取りいただければと思う。事前に連絡があれば、再配達も、そのための煩雑な手続きもいらないし、配達員さんたちの負担も減るだろう。送る側の気遣いは「いいことづくめ」ではないだろうか。

第6章　空だって飛べるかも

スマホが心の次元を変えた

スマホの登場で変わったのは、生活や日々のレベルでの心のあり様《よう》だけではなかった。最初は、苦労があってもあれができた、これもできたと実際の変化を喜んでいた。使いこなす間に技術も進歩して自由度と自立度が上がり、尊厳が護られるようになってきたと気付いた。こうして、日々の暮らしや対人関係に対してある種の自信と確信が持てるようになった。

すると今度は、日々にとどまらず、生きていくという大きなスケールでの気持ちのあり方も変わってきたのである。自由に買い物ができるようになり、それまで母に頼っていたのが、ほかの人のために注文してあげられるようになったことは前にも述べた。何かしてもらうのでなく、してあげられるというのは、自身の立場を大きく変える。

目の見える友達との生活トークでも、「私が使っている宅配にこんなのがあって」と話すと、「へえ、それいいね」と盛り上がったりするようになった。情報を「もらう」側だった私が、「発信する」側にもなれたのである。そこからさらに、「あの店だとこういうのがこの値段で売ってたよ」と別の情報をもらえることもある。そのトークにおいて、私と友達は情報面で「対等」になっていた。いまや通販で買ったものを宅配で受け取るのは普通なので、「麻由子さんはシーンレスだから宅配がいいね」といった個別の状況に関わる感覚が薄れ、お互いに全く違いを意識せずに話せていることに気付いた。「私、普通に買い物話してる」と感動しながら盛り上がっているのだが、友達はそのバリアが消えたことすら意識していない。そこまで自然に、自由に話せるのはとりもなおさず、スマホでいつでもどこでも宅配サイトを見て細かい情報を取り込むことができるからだ。そして、アクセシビリティ面では配慮をいただいているにしても、その宅配が「シーンレス向け」の特別仕様ではなく、「誰でも使っている普通の」サービスだからなのである。

問診表しかり、公共料金などの情報しかり。

小さなことの積み重ねだが、これらの実現で、まず日々の生活に自信が持てるようになった。そして「普通」が「普通」にできるという自信は、一人の生活者としての自信という根本的な安定感につながったのである。コロナ禍をきっかけにオンラインでの仕事が当たり前の選択肢になったときと同じく、スマホの登場と進化によって、少しの「合理的配慮」があれば「助けていただく」側から解放されるチャンスが格段に多くなったわけだ。赤ちゃんが言葉を習得するにつれて大泣きしなくなるように、私の心もこうした変化によって解き放たれ、より自然な気持ちで人々と暮らしについて語れるようになった。

相手もまた、「教えてあげても買うのが大変かも」といった遠慮がいらなくなり、「探してごらん」と言ってくるようになる。見つからなければもちろん手伝ってくれる人もいるが、私自身で探してみることができる範囲は格段に広がっている。

さらに、見つけた情報のスクリーンショットをLINEで送り、「これどうかしら。この前教えてくれたのと同じもの？」と確認することもできる。スクショなので情報が正確だし、写真で確かめてもらうこともできる。母のために何か注文するときも、会ったついでに画面を見せて「こういうのだけど」とほしいかどうか尋ねたり、私の買い物でイメージが湧かない日用品の画面を見せて「これ、どんな感じの商品なの？」と聞いてみることもできる。「美味しそうよ」「あったかそうよ」など写真を見た母のコメントも参考に買うかどうかを決めてみたりして、それもまた楽しい会話になっている。

こうした会話の中には、私がシーンレスだから生まれるものもあるが、見えているか、見えていないかとは関係なく、スマホを挟んで進むものも多い。できたと喜ぶ段階を超えると、できることが普通になり、「できる暮らし」になる。その安心感を得て初めて、私は「地に足がついている」と心から感じることができた。スマホによって、雨予報アプリで空が見え、買い物アプリで大地に生きる生活者の安心感を得たわけだ。小さな「相棒」（？）は、私の人生哲学まで変えた「大きな存在」になったようである。

噺家の春風亭一之輔師匠と巻末の対談のためお話ししたとき、師匠は「スマホは相棒なんですね」とおっしゃった。たしかに、便利に働いてくれるだけでなく、話しかけると応えてくれるので、相棒といえるかもしれない。たまに「そのお手伝いはできません」とすげなく振られるのも、相棒の一面なのかも。相棒とともに、体の一部でもあろう。だって、「目とペンと翼」を掌の中に収めてくれたのだから。

もっと知って、もっと変えて

これほどシーンレスにも私個人にもスマホが大きな存在になりつつある一方で、日本の社会全体でみると、まだまだこのことが知られていないのだとしばしば痛感する。まずシーンレスが読み上げによってスマホを「使える」ということがあまり知られていない。また、そういう使い方があるとは分かっていても、シーンレスの間のデジタル格差が健常者に比べて大きいため、社会としてはどこまで使えているのかをつかみにくい現状もあるだろう。

しかし、「こうすればここまでできる」というコンセンサスが固まってくれれば、格差の大きさに関係なく必要な対応ができるようになると私は思う。そうなれば、私たちが「特別なお客様」ではなく「こうすれば普通に利用してくれる顧客」になれるとも思う。

身近なものとして、チェーンレストランで普及しているタブレット注文を考えてみよう。店側からみると、端末の活用にはまず、店員さんと直接会話せずに注文できるため感染症流行時には一つの対策になるし、人員不足の解決策にもなるなど多くの利点があるだろう。

利用者からみると、ある程度の外国語対応がある端末なら外国人にとって利用しやすくなるし、日本人でも聴覚や言語にハンディがある人には注文のハードルが低くなる。

一方で、この本を書いた時点（二〇二四年）では、ボイスオーバーのような画面読み上げ機能が搭載されている注文端末は、少なくとも大手チェーン店で私が知る範囲では存在しない。そのため、店舗の端末については、操作できる同行者がいないかぎり私たちシーンレスにとっては完全にお手上げ状態なのである。

注文も複雑になった。一時代前は、メニューにある料理名と、せいぜい大盛りか小盛りかや辛さのレベル、トッピングの種類くらいで簡単に注文できたので、店員さんに口頭で伝えることもさほどの負担にはならない範疇《はんちゅう》だった。だがいまは、ご飯かパンか、大盛りか小盛りか、スープ・サラダを付けるか、種類はどうするか、ドリンクはどうするかと決める項目が増え、注文が一仕事になっている。メニューが読めないシーンレスは、まずこの選択肢を読み上げてもらわないと決められず、店員さんとの会話も注文までの時間も増えてしまう。これでは店員さんの負担になるだろうし、お願いするほうも気兼ねしてしまう。結局、助けてくれる人と行けるときにしか利用できなくなり、端末注文が前提になる場合は一人気軽にランチやコーヒータイムを楽しめる環境が事実上消えてしまった。

現状では「取り残された」形になってしまう利用者への対応として、多くの店で言われている「ご注文はこちらのタブレットで」という表現を、「タブレットの操作が難しければお声をかけてください」といった表現に変えていただくだけでも、利用者のハードルはずいぶん低くなる。安心して通えるのでチェーン店が大好きな私としては、そんな雰囲気の店舗が増えてくれればと切に願わずにいられない。

スマホ活用の視点から考えると、テーブルやメニューにQRコードを付けて、スマホに読み込んで注文画面のサイトに飛べるようにしていただけると、私たちは使い慣れた読み上げ環境で注文画面にアクセスし、独力で自由に注文することができる。「しゃべる端末」を作ってほしいとお願いするのは予算面でも技術面でも厳しいかもしれないが、サイトへのアクセシビリティをお願いすることは、はるかに実現の望みがあるのではないだろうか。実際にいくつかの会社ではそうなっていて、私も利用している。

一部には完全にボイスオーバーで操作できるチェーン店の注文ページもあるようだが、惜しいことに、現状ではタッチパネルを操作しないとQRコードが表示されないシステムだったり、テーブルにQRコードがあっても「そこにある」と分からないために利用できなかったりと、悔しい状況が頻発している。せっかくQRコードを見つけて注文サイトに行けても、読み上げに対応していないために結局「呼び出し」のボタンを押すしかなかったり、注文はできても会計が読み上げ非対応でできなかったりと、これまた悔しい現状が続いている。

アクセシビリティへの対応は、たとえばメニューなどの画像にテキスト情報を付ければ叶う。注文するものの名前だけでなく、値段、アレルギー情報、お薦めなどの情報も自由に活用できる。会計画面を読み上げ対応にしてお金を独力で扱える環境を作ることも、利用者の尊厳と個人情報の保護には不可欠だろう。

米アップル社を創設したスティーブ・ジョブズ氏は、世界の誰でも、買ったその日からiPhoneを使ってもらいたいと考えて、全機種、全端末にボイスオーバー機能を標準搭載してくれた。対応言語も、人口が少ないと思われる国のものもあって多彩だ。いまは点字ディスプレイと接続すれば画面を点字で読んだり操作したりできるので、点字で読みたいシーンレスのほか、視覚と聴覚の両方にハンディがあって音声読み上げでは画面が使えない方たちにとっても、素晴らしい機能となっている。読み上げの内容やビジュアル画面への対応など改善点はいまだにあるが、アップルにはボイスオーバー専門のチームがあって、日々私たちの必要を聞き取り、フィードバックに丁寧に応じてくれている。第一章に書いたように、最初は読み上げなかった文字変換候補がいまや大文字小文字の区別を含めてかなり詳細に読まれるようになったのも、初期に苦労しながらフィードバックしてくれたシーンレスの先輩たちと、その声に真摯に応えてくれたアップルのチームのみなさんの努力の賜物なのである。

チェーンレストランの端末注文は、アクセシビリティの可能性を考えるために取り上げた身近な一例だ。ほかにも、買い物アプリやラジオ・テレビの再生アプリのように、利用者が多く生活に直結するアプリにアクセシビリティの考え方を標準的に適用していただくことも、これからは重要になると思う。見える人にとって使いやすいデザインをがんばった結果ボイスオーバー利用者が意図せず取り残されてしまうといったことが、このところ相次いで起きているからだ。「誰一人取り残さない」という国際的な考え方が、日本でもさらに定着してくれたらと日々願っている。スマホを使えるシーンレスがいることを最初から想定し、合理的配慮を、それこそ「お子様ランチ」や「外国語対応」くらいの気軽な普通のノリでどこの企業も行なってくれることが、私の夢である。ジョブズ氏がしてくれたように。

これほどの道を切り開くきっかけを作ってくれたジョブズ氏に、私は「マユノーベル賞」を進呈したい。誰も知らない秘密の賞だが、ジョブズ氏ならきっと、青空の真ん中でピースサインをして喜んでくれるような気がする。そして、毎日ものすごい速さで飽きもせずに何でも読み上げてくれるボイスオーバーを祝福していることだろう。

バリアの変質

スマホでできることが増え、シーンレスと見える人たちとのバリアが低くなってくると、別の問題が起きることにも気が付いた。それは、バリアの低さゆえに、私たち特有の悩みを理解していただけないケースが増えてきたことだ。

たとえば映画。

映画館ではいわゆる副音声解説をスマホアプリで聞けるサービスが始まり、点字新聞に上映情報が掲載されている。映画館でもスマホでバリアフリー上映を楽しむ人がいる旨がポスターなどで掲示されているという。ところが、このことがまだ充分周知されていないため、スマホを使っているシーンレスに「何やってんだ、場内はスマホ禁止だろ」などと言われるケースがあるそうだ。指摘する側としては「正しい」ことを言っているし、心理的なバリアが低くなっているため、相手の状況と関係なく「言うべきこと」を強めに言ってしまうのかもしれない。映画館の外でもこのようなサービスがあることが自然に周知されれば、こうした齟齬《そご》の心配はなくなるわけだ。

私の経験では、電車内でイヤホンを使ってスマホを操作していたら、携帯電話で会話しようとしていると誤解され、やはり「禁止でしょ」と言われたことがある。そのときは、イヤホンをはずして音声を聞かせ、電話ではないと説明した。これは分かり易かったようで理解してくれた。

信号検知のため路上でスマホをあちこちに向けたり、スキャンするため店内で商品を撮影するかのように見えかねない動作をしたりすると、窃盗や盗撮などあらぬ誤解を招く恐れがあるかもしれない。自販機の表示が読めたりアプリで注文できたりするのは良いけれど、読み上げを聞きながらではどうしても時間がかかり、後ろに行列ができてしまいそうなのが恐い。人気店でなく、私のせいで行列なんて、ヒヤヒヤものである。叱られたり怒鳴られたり、場合によっては突き飛ばされるなどの暴力を受ける危険性さえあるかもしれない。

スマホを含めたシーンレス特有のハイテク製品を公共の場で自由に使うには、このようにまだまだ乗り越えなければならないものがある。

心のバリアが低くなるのは良いことだが、その分、相手も自分と同じだと思い込んだり、相手の事情を全く考えずに非難したりする動きが目立ってきている印象がある。こうした動きには、ネット上の誹謗中傷や根拠に欠ける自己責任論に通じる視野の狭さを感じる。思いやり以前に、全ての人に事情があるという普通の認識で躓きがあるのだろう。

バリアが低くなることと、「みんな何でも同じ」と同一化することは全く違う。目が見えていても一人一人の視力が違うように、スマホで「普通のこと」ができるようになっても、シーンレスにはシーンレスの悩みがあり、ゼロになるわけではない。そこのところを忘れないでいただけたらありがたいと感じる。

また私たちも、何でも同じとはいかないという現状を、文字通りバリアの低くなったネット環境などを駆使してしっかりと説明していく必要があるだろう。甘えなどではなく、できないことはできないのだと。そして、できることは精一杯挑戦しているのだと。

未来に向けて

1　点字は不滅

　私は点字が大好きだ。シーンレスになったとき、暗闇と思った世界の中で、「あなたにも読める文字がある」と母が嬉しそうに大きな点字タイプライターを買ってきてくれた日が、点字との出会い記念日になった。

　それ以来、大人になっても大切な本やしっかり読みたいものは全て点字で読んできた。原稿を書くためのメモも、インタビューや番組出演の進行メモも点字。講演や講義では、手書きした点字の進行メモを壇上に持っていって読みながら話している。

　一方で、点字の書物は分厚く大きいため、保管スペースに困る。文庫本一冊が、昔の電話帳五冊ぐらいの量になってしまうので、高校生レベルの英和辞典だと一〇〇冊というとんでもない量になる。図書館から借りた本の扱いも大変で、宅配ボックスに入れられた本を両手で抱えて持ち帰ったり、ときには何度も往復して持ち帰ったりする。返却するには、包みが大きすぎてポストに投函できないため、郵便局が開いている時間帯に窓口に持ち込まなければならない。そうした事情から、私は自立してから点字書籍を借りることがなくなった。

そんなとき、スマホが活躍してくれる。「サピエ」という、活字読書困難者専用のサイトから、音声や点字のデータをダウンロードして読めるのだ。好みの違いだが、私は肉声の音訳を高速で聞くのが一番好きで、料理を作りながら、洗濯物を整理しながら、休日にちょっと寝坊しながらと、様々な場面で音訳読書を活用している。ただし、これも好みの問題だが、私の場合、電車など乗り物の中では、安全上の心配や、周りの音が大きくて集中できないといった理由で読書はしない。ともあれ、スマホのおかげで大量の読書をスペース問題なしでこなすことができるようになったのはありがたい。特に、書評を書くときや対談の資料として読む必要があるとき、スマホでデータが取れるとタイムリーに準備ができて助かる。

一之輔師匠との対談のときも、師匠のご著書を全てスマホで聞いて準備することができた。編集担当の方と情報交換しながら家を出るぎりぎりまで聞いて準備をした。

対談の席で実際の朗読をお聞かせしたら、「こんなに一所懸命読んでいただいて、なんだか申し訳ないですねえ」と苦笑しておられた。そのお気持ち、分かります。私も自分の本の朗読はこっぱずかしいので聞けないですもの。

なお、電子書籍については、まだ読み上げに充分対応していないので、誰でも気軽に使える環境とはいえない。私もいくつか試したが、購入してしまってから実は全部読めなかったといったケースもあると聞く。私としてはもっともっと活用したいのだが、現時点では読み上げの音声や誤読問題もあり、少なくとも仕事に使える水準での活用はまだ早い印象である。

電子書籍は漫画などビジュアルに訴えるものも多いので、シーンレスにも扱いやすい画面になり、その都度サンプルをダウンロードして試さなくても読み上げに対応しているかが分かるシステムができると良いと思う。いまはＡＩも進化しているので、漫画もある程度なら説明できそうな気がする。大学時代に友達が一〇時間以上かけて読み聞かせてくれた「ベルばら」（『ベルサイユのばら』）を懐かしく読み返してもみたいし、『鬼滅の刃』や『薬屋のひとりごと』なども読んでみたい。賢いＡＩがどんなふうに漫画を説明してくれるのか、ぜひ聞いてみたい。

近年広がってきたオーディオブックは、読書というより作品鑑賞として活用している。音訳が朗読者の感情を極力込めずに文字情報を忠実に伝えることに注力しているのに対し、オーディオブックの朗読は読み手が声のプロとして練り上げた「音声作品」である。そうした作品を聞くことは、活字を音訳で聞く読書ではなく、声の芸術を鑑賞することだと私には思える。声のプロが活字を朗読するだけでなく、ラジオドラマなどオーディオならではの作品も豊富だ。英国人の友人が折を見てプレゼントしてくれるBBCのラジオドラマを聞くと、訪れたことのない欧州の山奥の雰囲気や、中世の修道院の聖堂の荘厳さなどが、音の空間として再現されて私を包んでくれる。このように、私にとってオーディオブックは、電子書籍とは全く違う役割を持っているのである。

ここまで音声での読書ができ、スマホやパソコンで読み書きできるようになったのだから、もはや点字はいらないのではないか、と思う人もいるかもしれない。断じてそんなことはない。点字は必要だと私は強く言いたい。紙と筆記用具があれば手軽に書け、自分の手で読み書きできるのが文字の最大の利点なのに、点字を放棄してしまったらシーンレスはその「文字」を失うことになるからだ。文字を持たなくなることは、一つの文化、いや、文明を失うことなのだ。どんなに音訳が発達しても、スマホ読書が簡単になっても、私は点字の存在を無視してシーンレスの文化を捨てるようなことになってほしくはない。点字があるからこそ、視覚と聴覚にハンディを持つ人が読書やコミュニケーションができるという面もある。スマホと連動して点字が扱えるようになったのは、シーンレス文化史的には大変価値があることなのだ。

翻訳の仕事では点字での確認は完全に「マスト」だし、日記も、宅配食品の賞味期限のメモも、私は必ず手書きの点字を使っている。小学生時代にやりとりした手紙も、みんなが点字を読めたからこそ楽しめた。中高生時代の交換日記や交換小説も、点字がなければできない知的な切磋琢磨であった。

点字をおぼえるのは大変なのでパソコンを使って墨字《すみじ》（点字に対する一般文字の呼び名）の読み方だけ学べば良いのではという意見が教師の間から出たことがある。しかし、難しいから文字を捨てたほうがいいというのなら、漢字にだって同じことがいえるのではないだろうか。表音文字である点字なら一度おぼえればあらゆる日本語を書くことができるが、漢字は限りなくたくさんあり、作りという点においては点字より難しい。でも、誰も漢字を捨ててはいない。点字も同じことだ。

点字を触ってすらすら読めるようになることも、どんどん書けるようになることも、感覚訓練としてはたしかに大変な学習だ。しかし、いまも点字は大変だから学ばなくてもよいと考えておられる先生がおられるとしたら、せっかく先人たちが考案し、実用化してくれ、日本でも公的な文字として認められている点字を学ぶ機会を、生徒たちから奪わないでいただきたいと思う。上手に読み書きできるところまでいかないとしても、私たちの文字を学ぶ権利は全ての生徒にあるのだから。そして生徒のみなさんにも、諦めずに点字を学んでほしい。せっかく「触れる」文字が存在するのだから、これを目いっぱい活用して文明を深めていこうではないか。

私は、スマホと点字は取り換えが利くものではないと思っている。点字を打つあのポツポツという素朴で温もりのある音が、永遠に私たちの手の中から生まれ続けるよう願っている。

2　わたしの夢

ドローンが本格的に実用化され始めたころ、「定年までにドローンで通勤したいなあ」とかなり本気で夢見るようになった。マンションの「駐機場」でドローンに乗り込み、音声説明ばっちりのナビシステムに職場の住所を入力する。もちろん、「いつも行く」場所として登録してあるので、音声認識モードで「職場」と一言いえばＯＫ。

「出発可能です。飛行体勢を取ってください」

音声案内が流れると、レバーとボタンを操作して競馬のスタートよろしくゲートをリモコンで開いて空中へ。

「高度五七メートル、北東の風五メートル、時速一六キロで南東に向けて飛行中です。目的地まではおよそ三キロ、到着時間は午前八時二三分ごろです」

現在の状況説明ボタンで飛行位置を確かめながら俳句をひねったり、点字の読書を楽しんだり。オフィスのバルコニーに着陸して通用口の窓から「おはようございまあす」。

なんて、素敵だなあ……。

残念ながら、これはすぐには難しそうだが、もしかすると、ナビシステムと障害物探知装置を組み合わせた歩行補助システムなら、一〇年ぐらいの単位で実用化の可能性があるかもしれない。これらは既に、個別にだが実験段階にあるからだ。

未来の私は、眼鏡型のカメラで前方を見ながら障害物やルートを検知し、手元では白杖で足元を細かく確認する。いま使っている超音波の歩行補助具は杖と反対の手にバンドで装着して振動を感じながら障害物を見つけるものだが、こうした機器を眼鏡カメラと併用すると、ルートのような大きな空間と、木の枝や看板といった杖では捕まえられない障害物は眼鏡が担当し、改札口や電車の空席といった細かい隙間は超音波と杖を使って自分の手で探して歩けるかもしれない。これで、かなり自然に、自由に移動できるのではないだろうか。ルートの安全性はGPSの精度に左右されるし、信号検知機能がどのくらい安全かといった課題はたくさんあるにしても、ドローン通勤よりははるかに現実的な気がする。

そして、一人でカフェに入り、スマホで自由に好きな飲み物やスイーツを注文し、イヤホンでパソコンを操作して原稿を書いたり、点字の句帳に俳句を記したりして午後のひと時を過ごす。講演先にも取材先にも気軽にｇｏ！　アテンドの心配もなく、いつ、どこにと言われても「余裕で」一人で直行。いいなあ。がんばって危険を冒すのではなくて、自然に、普通に、自由に。

　スマホとＩＴ技術がそんな未来を叶えてくれるかもしれないと思えば、あまり好きではないハイテクの勉強にも身が入るというものだ。未来の共存のためになどというとなんだか大げさな話に聞こえてしまうが、ともに生きているこの時代に、ともに夢を叶え、ウィンウィンにつながるハイテク活用を実現するために、開発者や企業経営者のみなさんにもぜひ私の夢を知っていただきたい。そして、もし形にしていただけたらどんなに嬉しいことだろう。

　ある日私の掌に突然入ってきた小さな四角い相棒がこれからどんな未来へと一緒に歩んでいってくれるのか、楽しみである。

特別対談　ゲスト：春風亭一之輔さん（落語家）

2024年2月8日、東京・神田のサロンクリスティにて（撮影：加藤梢）

■春風亭一之輔さんプロフィール

落語家。日本大学芸術学部卒業後、春風亭一朝に入門。2012年、21人抜きの抜擢で真打昇進。年間900席の高座をこなすほか、「笑点」などテレビやラジオでも活躍。著作に『まくらが来りて笛を吹く』『人生のBGMはラジオがちょうどいい』『まくらの森の満開の下』など。

見えないものを声で伝える

師匠のエッセイは音読の方が自然に届く

――「見えないものを声で伝える」というテーマでの対談で、落語家の春風亭一之輔さんに来ていただきました。三宮さんは二〇〇六年に『福耳落語』という本を出版されていて、落語に精通されていらっしゃいますね。

春風亭一之輔（以下、一之輔）　あれは三宮さんの本だったんですね。タイトルで手に取りました。

三宮麻由子（以下、三宮）　ありがとうございます。父が「笑点」とか洒落が好きな人で、正月に家族で寄席に行くのが定番だったんです。まさか本を書かせていただけるとは夢にも思っていませんでしたが……。師匠の落語を聞いた時、音をよく聞いていらっしゃる方だと思って、ファンになりました。師匠はエッセイをたくさん出されていますが、いつもスマホで書かれているそうですね。落語という古典の世界とデジタルなスマホの世界を行き来しておられる方で、今回ぜひお話ししたいと思ったんです。

一之輔　ありがとうございます。でも、デジタルにはすごくうといですよ。パソコンのブラインドタッチができないから、ガラケーの頃から原稿をケータイで書いていただけで。ワードとかエクセルも全然知らないし。落語家じゃなかったら生きていけないです（笑）。

三宮　そうなんですか！　原稿はメモ帳（機能）で書いていらっしゃるんですか？

一之輔　メールで書いて、そのまま送っちゃう。だから担当編集さんはいやだろうな。

――三宮さんは原稿を書くとき、どのようにしているのですか？

三宮　私はパソコンです。一週間くらいかけて頭の中で原稿を完成させて、「できた」ってなったときに頭の中にあるものを一気にキー入力します。スマホを使う時は、メールだと間違えて送信すると困るから、一回メモ帳に書くようにしていますね。

一之輔　間違えて送信したことはありますよ、途中なのに。

三宮　それも師匠のキャラとして許されそうですね（笑）。スマホはフリック入力ですか？

一之輔　できるようになりましたね。最初はトントンってやってましたけど。

三宮　どっちが速いですか？

一之輔　フリック入力の方が速くなってしまいましたけどね。

三宮　私もフリック入力がしたかったんですけど、音声機能が追い付かなくて、結局タップが一番速い。だから点字とあまり変わらない速さで打ってるんです。フリックが羨ましくて。

一之輔　でも、最初はできなかったですよ。まず考えてからやっていましたよね。「い」はどっちだっけ？　左が「い」でしょ、だから時計回りに行く、っていうのを体がおぼえていくっていうやつですよね。

三宮　音声入力はなさらないんですか？

一之輔　やろうと思ったんです。速く原稿が書けるかなと思ったんですけど、手直しするのが面倒くさい。句点を入れたり、読点を打ったり。文字をちゃんと変換しなかったりするので、それをわざわざ直すのが面倒くさいなって。しゃべりながら、それを文字にしていくみたいなところはありますけどね。書くことを一回口に出して言ってみる。

三宮　だから原稿も話しているように書かれていますよね。

一之輔　そう、話し言葉が原稿。聞き書きに思われる場合がたまにあって、シャクだなと思います（笑）。

三宮　それは読む方が想像できてないかもですね（笑）。でも、師匠の文章はもしかしたら、文字で読むよりも音読の方が自然に入ってくるかもしれない。

一之輔　それは言われたことがあります。あなたの文は、読んでもらった方が分かりやすいっていうか、面白いと。

三宮　音でイメージして書いていらっしゃるから。

一之輔　あとは、落語の枕でしゃべってることをそのまんま分離するとどういう感じかな、と思って書いたりするんですよ。

三宮　ちょっと落語を聞いてるような感じがありますね。噺家さんの本は往々にしてそういうものが多いですよね。本当に寄席にいるみたいな感じ。きっとそれがエッセイの人気のもとなのかもしれないですね。師匠のエッセイを「サピエ」っていう、活字の本が読めない私たちのためにあるサイトからスマホにダウンロードして読みました。図書館の音訳者の方が読んでくださっているんですが、朗読するとこんな感じです。

一之輔　（スマホで再生された最高速の朗読を聞いて）これを聞き取れるんですか！？

速くて全然分からないんですけど、三宮さんは最初にこれを聞いて、聞き取れるんですか？

三宮　はい。標準値で再生するとこうなります。

一之輔　（標準の速度で聞いて）僕のくだらない文章をその音訳者さんがわざわざ読んでくれたということですか？

三宮　師匠の三冊（『まくらが来りて笛を吹く』『人生のＢＧＭはラジオがちょうどいい』『まくらの森の満開の下』）ともありますよ。

一之輔　申し訳ない。その人によろしくお伝えください（笑）。

見えていない世界を、的確な言葉で

三宮　私は（画面の読み上げを）最高速で聞いて操作しているんです。「戻る」ボタン、LINE、TVerなどのアイコン……一つ一つ触りながら、スマホを読み上げるのを聞いて、ここにこういうボタンがあるというイメージをつかむんです。

一之輔　そんな機能があったなんて知らなかったですね。

三宮　使わなければ普通は知らないでしょう。師匠は見えていない世界を落語という言葉になさっているので、それが実は、私が使っているこの「ボイスオーバー」という読み上げ機能と似てるなと思ったんです。いろんな落語家さんの噺を聞かせていただいた中で、昭和の名人の方は落語そのものが音楽みたいな感じで、それで成立していると思います。今の方たちは音楽というより、言葉を重視するような感じがしていて。説明をしなきゃいけない部分も多くなってきてる中で、師匠の落語は見えていない世界を再現するときに、的確な言葉を選んでいらっしゃる気がしたんです。

一之輔　そうですか。それは嬉しいですね。

三宮　どうやって言葉を選んでいらっしゃるのかなって思って。

一之輔　どうなんでしょうね。無駄なく簡潔に、っていうのはなんとなく心がけてるところはありますよね。

三宮　落語をやっていて、目の不自由な方がお席にいらっしゃる時は何か工夫をされていますか？

一之輔　仕草の多い話はちょっと分かりにくいんでよしましょう、みたいなことはありますね。

三宮　それはありがたい配慮です。仕草が情報源になるときは、ときどき隣の人に「今、何した？」って聞くことはあります。それで足りるからいい。あと、仕草が分かるようなセリフが入っていればいいなと思いますね。「何て顔するんだ」とか。

一之輔　それは、僕は一言添えるようにしていますね。

三宮　素晴らしいですね。以前は不文律として、目の見えない人の前でいわゆる「盲人物」はやらないっていうのがあったと聞いています。

一之輔　僕が前座の頃に、必ず寄席の一番前で朝から聞いている、白杖を持ったおじいさんがいて。サングラスをかけていらっしゃって、目の前でカップラーメンを作るんですよ。カップラーメンを持ってきて、魔法瓶でお湯を注いでその場で食べる。すごい匂いが漂ってくるんです（笑）。

三宮　こぼしたらどうするんだろう。危ないじゃないですか。

一之輔　そうそう。危ないんだけど、たまに来るんですよ。朝一番に幕が開いた瞬間、前座で上がるとカップラーメンのにおいがする。一度、帰りがけにおじいさんと話したこと

があって。目の見えない方が出てくる話はCDとかでは聞くんだけど、なんで寄席では聞けないんだろう、みたいなことをおっしゃるんですよ。だから聞きたいっていう人も中にはいる。昔の古典落語の世界で、目の不自由な方は近くにいたというか、普通にコミュニティにいる。今もそうなんですけどね。

三宮　それだけ距離が近かったんだろうなとは思います。今はそれほどバリアがなくなってきているから、目の見えない人が題材にならなくても、それだけじゃなくていいよね、みたいな感じにだんだんなりましたよね。『按摩《あんま》の炬燵《こたつ》』なんかはたとえばどうでしょうか。

一之輔　もうちょっとこう、考え方をアップ

デートできるといいですよね。目の不自由な方が出てくる背景とか、人とのつながりとか。『按摩の炬燵』はそのままやると、すごく嫌な話なんですよ。番頭さんが按摩さんに酒を飲ませて体を温めて、炬燵代わりにするっていう。目の見える僕が考えてもどうかなと思うんです。でも番頭さんと按摩さんの関係、たとえば二人がちっちゃい頃から仲良しで、目の見えない按摩さんがいじめられたときには番頭さんがかばっていたとか、普段から一緒に飲んだりしてたとか、そういうお互いの関係があった上での相談だったらどうだろう、というようなことを考えたんです。昔の二人の思い出話をちょっと入れてみたらどうかな、と。

三宮　そこまでしっかりやり直したら、新作に近いですよね。

一之輔　古典落語はもうちょっとブラッシュアップしていった方がいいと思うところがいっぱいあるから。

三宮　どんなに忠実に踏襲しても、今は通用しないことがいっぱいある。それをすごく上手になさってるから、きっと師匠は人気があるんですね。

一之輔　そういう作業は昔の人もみんなしてきたんでしょうけどね。

三宮　自分の師匠を尊敬すればするほど、たぶんアレンジが大変なんじゃないだろうかと思いますが。

一之輔　でも、それを躊躇したり惜しんだり、師匠をそのまんまなぞるだけじゃ、どうにもならない。古典芸能っていうのは大衆芸能だと思うんです。その時代の人に合わないと意味がない芸能だと思う。見に来る人は落語の世界の中の、こういう人でも生きていけるよねとか、こういう人いるよね、どうしようもない人もいるよね、でも落語の世界だと許されてるよね、みたいな、そういうのんびりした、ゆったりした世界を味わいに来てる。そういうお客様に、今の時代に合ったものを提供できればいいなとは思います。

音を聞くってドキドキ

三宮　師匠の落語を最初に聞いたときに、蕎麦を食べる音が素晴らしいと思って。

一之輔　お蕎麦を食べる音って、出る人と出ない人がいるみたいです。口の中の作りとかも関係するらしいんですけど、何も考えずに出る人もいれば、どんだけがんばっても俺は無理だ、っていう人もいるみたいです。

三宮　そういう人、いますよね。聞いていてつらそうな感じがすることがあります。あと『初天神《はつてんじん》』で、天満宮のお祭りで金坊《きんぼう》が父親にあれ買ってこれ買ってとせがむときの、あの泣きまねはやっぱり練習されていますか？

一之輔　あれはもう、雰囲気でやってますけど（笑）。

三宮　他の方は上手に泣きまねするんですけど、一之輔師匠は本当に泣いてたので。金坊自身が一度泣いて見せてから「いまどきの子どもがそんなふうに（素直に）泣くわけないじゃないか」って言うんですけど、ちゃんと泣いてるなと思ったんです。やっぱりお子さんの声をよく聞いてらっしゃったのかなと。

一之輔 子どもが小さいときに泣き声を聞いてたっていうのは、貴重ですよね。どんどん大きくなると泣かないでしょう。自分も泣かなくなるし。人間が泣いている声ってそれはつらいけど、一番感情が表に出てる時の音ですから、もっとちゃんと聞いとけばよかったなとも思いますね。聞いてるとつらいから、親は泣き止ませようとするじゃないですか。でも反面、あれを聞いてた頃っていうのは非常に豊かというか、大事な時期だったなと今は思います。今NHKの「朝ドラ」を見ていて、主人公に赤ちゃんが生まれたんですよ。子役とはいえ、たぶん数ヵ月ぐらいの赤ちゃんが泣いてるところを見ると、まだ動物ですよね。生き物として欲望を訴えている。不快であるとか、寂しいとか、おしめが濡れたとか、お腹が減った、みたいなことを表してる。音を聞くっていうのはすごく、自分の気持ちもドキドキしますよね。

三宮 子どもに向けて、落語をすることもありますか?

一之輔 子どもの小学校でやったかな。朝に読み聞かせの時間があるんですよ。PTAの方に、たまに落語でも聞かせたいというので呼んでいただいて。

三宮 すごく贅沢ですね。

一之輔　幼稚園児とかの前でもやることがあるんですけど、どういう落語にするかっていうと、擬音が多い落語を選びます。おならとか、そういうのを題材にしたね。『転失気』という、「てんしき（おなら）」を知ったかぶりする和尚さんの話があるんですけど、ブーとか、そういう音を子どもって喜ぶんですよね。安直ですけど。

三宮　『転失気』のときに音を入れるんですか。

一之輔　おならにも三段階あって、「ブー」「スー」「ピー」。ブーは音が大きいが臭いは少ない。スーは音は小さいが臭いがなかなか強い。ピーは実の出る恐れがある。汚い（笑）。

三宮　男の子が喜びますね（笑）。落語のネタにスマホが登場することはありますか？

一之輔　ある。隠居さんのとこに分からないことを聞きに行くっていう落語がいっぱいあるじゃないですか。『千早振る』は結構、崩してやってるんですけど、百人一首の「千早ぶる神代《かみよ》もきかず竜田川《たつたがわ》からくれないに水くくるとは」の意味を隠居さんに聞く。その時に僕、現代の人が現代の隠居さんに聞きに行くみたいな感覚でやるんです。口調は落語の感じなんですけど、隠居さんがいきなりスマホで調べようとしたりして、ダメダメダメとか。そういうくすぐり的なことですね。手ぬぐいをスマホに見立てて調べるとか、フリックするとか、こするっていう。そんなことをふざけてやったりはします。

いつか落語のネタにスマホを

三宮　スマホが出てくる落語が作れたら楽しいだろうなあと思っていて。

一之輔　新作落語は僕はメインではないので、あまり作らないんです。

三宮　新作じゃなくても、くすぐりとか枕になるよね、っていうことが私の日常にはいっぱいあります。たとえば写真を撮って、何が写っているかを説明してくれる機能があるんですけど、わけの分からない説明をされて、それを真に受けてしまってとんでもないことになるとか。缶詰のラベルに何が書かれているかをスマホに読ませようと思ったら「缶詰です」って言われて、それはわかっているよ、っていう（笑）。

一之輔　スマホでそういうこともできるんですね。

三宮　そうなんです。文字だけのスキャンだったらちゃんと文字を読むし、最近は賞味期限が読めるようになって、だいぶ助かっています。だけど先日、レトルトカレーを買ってきたら、辛くないのを選んだはずだったのに「激辛」と読み上げたので慌てたら、いろいろ調べた結果、「甘い・辛い・激辛」という辛さの段階を読んでた。辛いマークは読めないから。

一之輔　まだ課題はありますね。どんどん便利になってくると、その先を求めたくなるし。

三宮　そうなんです。やりたいことが増えるから。それでも、読めなかった時代を思うとずいぶん便利になりました。その前は本当に、開けて食べるまで分からなかったので。

一之輔　カレーかどうかも分からない。

三宮　辛かったらカレーなんでしょう、という状態で、その時代が長かった。それが多少なりとも読めるようになったから、嘘のような気持ちです。師匠も少し、ボイスオーバーを体験されますか？

一之輔　ちょっとやってみてもいいですか。

三宮　画面が見えてらっしゃるし、自分のスマホだから、すみずみまで分かってらっしゃいますよね。それを目を閉じて、全く分からない状態で触って、音だけを聞いた時にどのぐらい情報って入るものですか？

一之輔　まったく入ってこないですね。音声を耳で聞いて、ちゃんと意識として変換するのって大変ですね。

三宮　分かります？　すごく大変なんです。最初はもう全然イメージが湧かなくて。私、四歳まで見えていたのでテレビ画面はおぼえているんですけど、アイコンを見たことがない。そもそもアイコンってどんなものを想像すればいいのか分からない。ちっちゃなものが並んでる、っていうイメージをする。だけど、一つ一つの画面が出てくると全然分からないから、あとはスマホがしゃべる言葉を聞いて、この辺にこれがあるっていうのをおぼえるんです。師匠がいきなり目をつぶってこれを聞いたら、空間のイメージは湧かないですか？

一之輔　湧かないですね。音声を一個ずつ文字で変換しようとしちゃいます。ボイスオーバーの声っていうのは、コンピューターの声なんですよね？

三宮　そうですね。いろいろ選べるんです。私は「Kyoko 拡張」っていう、目の細かい声を使っています。「Kyoko」はちょっと目が粗い声。

一之輔　おじさんの声もあるんですか？

三宮　「Otoya」があります。

――なんでキョーコとオトヤなんでしょうね。

三宮　誰がつけたんでしょうかね。英語だとサマンサとか、フランス語だとトマという名前になってます。

一之輔　でも相棒みたいなものだから、聞きやすい声のほうが絶対いいですよね。

三宮　そうですね。いつもこのボイスオーバーでスマホがしゃべるのを聞いてるから、画面を読むというよりは会話してるような感覚。プッシュ通知やLINEが来るといきなり読み上げるから、スマホに話しかけられてるみたいな感覚になります。

スマホがどう生活を変えたのか

三宮　私はスマホで文字を読んだり、日々の買い物をしたりしているんですが、師匠はスマホをどんなふうに活用しておられますか？

一之輔　僕は買い物は電話ですね。

三宮　えー！　昔のラジオのなんとかショッピングみたいな？

一之輔　クレジットカード自体、持ったのがつい最近なんですよね。去年だったかな。

三宮　よくそれで用が済みましたね（笑）。

一之輔　スマホを使い始めてまだ四年くらいですけど、一番使うのは録音機能。自分のネタとか、稽古をするときに教えてくれる人が面と向かって落語をやってくださるんですけど、それを録音して、後で聞きながら練習します。あとは、散歩していてちょっと思いついたネタをメモしたいときは、その場で録音してますね。

三宮　Siriは使われますか？

一之輔　ほとんど使わないですね。でも一回ラジオをやってる時に、ふざけて「ヘイ、シリ」って言ったら、リスナーのスマホが反応してすごく苦情が来た（笑）。「やめてくれ、そういうことは」って言われたことがあります。

三宮　次も言いたくなっちゃいますよね（笑）。

一之輔　言いたくなりますよね（笑）。あれはおかしかったな。

三宮　「アレクサ」じゃなくてよかったですよね。アレクサだともっといろいろあるみたいですよ。子どもがなんか言ったら勝手に注文しちゃったりとかして。「名前を言ってはいけないあの人」状態になるっていう話を聞いたことがあります。

――今回の本は、スマホが三宮さんの生活や、もっと広げて目の見えない人の生活をどう変えたかがひとつのテーマなのですが、「スマホが一之輔さんの生活をどう変えたか」と聞かれたら？

一之輔　僕から結構時間を奪っていきますね、スマホは。

三宮　なるほど。どういう感じで奪われてますか。

一之輔　いろいろ検索したり、動画を見たり。ＳＮＳしかり。この時間、何に使ってたんだろうなっていうことをあらためて考えると、ちょっと離れてもいいんだろうなって思います。週に一日、二日とか。ただ、もうそれができかねている状態。すごく便利なものではあるんですけど、なかった時のことも振り返って考えてみるべきかなと思うんですよ。分からないこととかを調べようっていうと、答えがすぐ出てくるじゃないですか。そうすると話がそこで止まっちゃいますよね。何か分からないことがあって、たとえば、なんでバレンタインはバレンタインっていうの？　とか、なんで二月一四日なの？　とか、スマホがあるとそれで答えがぱっと出ちゃうから、考える余地がないじゃないですか。正解なんか別に求めなくても、それで無駄話として膨らんでいく場合もありますからね。

——スケジュール管理もスマホでされているとか。

一之輔　そうです。落語に関するお仕事は全部、自分一人でやっているので。マネージャーですよね、ひとつの。

三宮　スケジュールはカレンダーに入れているんですか？

一之輔　仕事の先方とのやり取りをメールやLINEでしますが、スケジュール帳はまだ紙なんですよ。同業者でもほとんどの人はみんな、スマホでやってますけどね。僕はそんなにフル活用してる方ではないと思うので。ボイスオーバーというのも知らなかったし。

三宮　よかったらときどき遊んでみてください。今日はありがとうございました。最後に一緒にツーショット写真を撮ってもらってもいいですか？

一之輔　（記念撮影の後に）この写真をスマホに読ませると、「眼鏡の坊主のおじさんが立っています」って説明してくれるんですね？（笑）

三宮　ふふふ、じゃあ、どんなふうに説明してくれるか読み上げさせてみますね。

スマホ　「中央揃え、人の顔、グレー色の髪の毛（実際は服の色）、眼鏡をかけている、微笑んでいる」

あとがき

ある日、スマホでいつものようにちょっとした検索をしていたら、我が家の近所に有名スーパーが開店することが分かった。スーパーの開店の瞬間を目撃できることはそうそうないので、早速句会の仲良しさんに連絡してみた。

「なになに、面白そう。行ってみたい」

俳句を作るにはあらゆるアンテナを張るので、どんなことにでも好奇心を持つことができる。有名ではあるが都心では普通にいけるスーパーなのに、二人ともテンションが上がり、開店三〇分前に店に着いた。ローカルな場所なので充分早いと思ったら、なんとわれわれの前に既に二〇人近くが並んで特売を待ち構えているではないか。考えることはみな同じ、と自分たちのことは棚に上げて爆笑しつつ、特売のパンの詰め合わせなど買い求め、ランチでしゃべり倒し、楽しい一日を過ごした。そのあと真面目に、この日の俳句を交換した。それは、スマホがくれた充実したひと時であった。

スマホを手にしたことで、私は生活に大きな余裕が生まれたとしみじみ感じている。買い物の問題が解決したことだけでなく、スーパーの開店やスイーツフェスのように、手軽に楽しみたいときに自由に知りたいことを調べ、声をかけていただくだけでなく私のほうから誘ったりヘルパーさんをお願いしたりできるようになったからだ。小さいことなのであまり意識していなかったが、週末や休日に突然時間が空いてちょこっと楽しみたいとき、自分で動けるようになったことは思いの外大きな変化だった。

スマホで色々できるだけに、スマホを使うことで時間を取られるという一面もあるといえるが、私はむしろ、スマホは豊かに時間を使わせてくれていると思う。買い物一つとっても、スマホ注文によって短縮した買い物の時間で、ほかの「余裕の買い物」や「ちょい足しの買い物」にいけるようになった。時間を取られていると見えて、実は短縮され、充実しているようにも思う。それまで必要だった時間を、楽しみに充てられるからだ。

スマホには功罪があるとはよく言われるところだ。特に指導者や保護者として子どもたちにどうやってスマホ教育をすれば良いかは、いま多くの大人が頭を悩ませていることのようだ。絵本を書いている関係で、私は子どもにかかわる人々からスマホについて意見を求められることがある。スマホは有害な一面があるので一定の年齢までは絶対に禁止すべきという人もいれば、いまやスマホを完全に子どもたちから離すのは不可能なので、活用できる部分を落としどころにして付き合わせるのが良いという人もいる。

おそらくそれは、スマホに依存しすぎてはいけないという心配からくる悩みなのだろうと私は考えている。私自身も、スマホにこれだけ頼っているので「依存している」といえるわけだ。でも、必要ないときには離れることができるので、「正しい依存」ができていると感じている。スマホが良いか悪いかで考えるより、使うときの基準をどうするかをしっかり決めれば、迷いも少なくなるかもしれない。

万能ではないながらも、スマホは賢く、日々「より賢く」なっている。それを使う私たちがさらに賢く活用すれば、まさに魔法の道具になることだろう。Siri に話しかける言葉は私にとって文字通り魔法のコマンドである。

スマホで生活が変われば、心のあり様が変わる。私にとってそれがどれほど大きなことだったかは、本文に精一杯書いた。

同時に、この本は私の、また昭和から令和へと流れる時代の通信史でもあると思う。通信は世界も人の気持ちも変化させるきっかけになるものだが、シームレスとして生きるだけでなく、通信社という「通信の場」で翻訳という「言葉の通信の一端」を担い、エッセイストとして「心の通信」を手掛けている私にとって、個人レベルから社会規模まであらゆる層で通信を担うスマホとの出会いは、特別な意味を持っていたと思う。また、考える力をある程度持ったスマホの出現によって、私たちは便利という域を超えて私たち自身の実存の形と心の在り方まで見据え、どう生きるのか、どう世界を捉え、作り上げていくのか、そして、どうやって隣人と共存していくのかという問いを投げかけられているとも思う。その答えはすぐには出ないし、一つでもないだろう。だが、問うのをやめてしまえば、スマホを使うのではなく、使われてしまう日がくるかもしれない。気をしっかり持ちながらスマホと暮らしていかねばとあらためて思う。

けれど一方で、そんなに心配していなかったりもする。スマホに閉じこもることさえしなければ、むしろスマホを通じて人との関わりが楽にできるようになったからだ。オンライン会議しかり、SNSしかり。そこからリアルの交流に発展すれば良いし、リアルで会えないときには「頼れる赤い糸」になってくれる。伝書バトから糸電話、そしてスマホに至るまで、通信できるということは、心をつなぐ手段として時代を超えて機能してくれるからだ。

この本がきっかけで対談に応じてくださった春風亭一之輔師匠は、記念撮影にも応じてくださった。撮影担当者の方が私のスマホで撮影してくださったので、早速画像説明機能を使ってみると、「眼鏡をかけている男性」と読み上げた。ここで「イケメン」の一言を入れてくれればいうことないんだけどなあ……。そこまで行ったら、スマホは「スマートフォン」とともに「ハートフルフォン」になれるだろう。早口の読み上げを、師匠は不思議そうに聞いておられた。緊張の面持ちの中で進んだ対談だったが、読み上げを囲んでみる間に和やかになり、笑いも出てきた。「スマホが取り持つ縁かいな」である。


まさかスマホで本を書くことになろうとは何度考えても驚きだが、ここまでスマホと仲良くなったからには、これからもしっかりと「相棒」としてタッグを組んでいこうと腰が据わった気がする。

本書の刊行に当たり、早川書房の方々はじめ、多くのみなさまにご尽力いただいた。深く感謝申し上げる。

一之輔師匠には、突然のご依頼に速攻でお応えいただき、素晴らしい対談を実現していただいた。心から感謝申し上げる。また、素朴にファンとして、お目にかかれて光栄でした、とお伝えしたい。

温かい画面に触れつつ、スマホの未来に希望を託して。

二〇二四年春　メジロのさえずりを聞きながら　三宮麻由子

わたしのeyePhone《アイフオーン》

2024年５月10日　初版印刷
2024年５月15日　初版発行

＊

著　者　三　宮《さんのみや》　麻《ま》　由《ゆ》　子《こ》
発行者　早　川　　浩

＊

印刷所　三松堂株式会社
製本所　三松堂株式会社

＊

発行所　株式会社　早川書房
東京都千代田区神田多町２−２
電話　03-3252-3111
振替　00160-3-47799
https://www.hayakawa-online.co.jp
定価はカバーに表示してあります
ISBN978-4-15-210329-1　C0095